AF220049

Leah Cim

SOFTSPANKING IV

Neun neue Geschichten über geheime Träume

Bibliografische Information der Deutschen Nationalbibliothek:
Die Deutsche Nationalbibliothek verzeichnet diese Publikation
in der Deutschen Nationalbibliografie; detaillierte bibliografische
Daten sind im Internet unter http://dnb.dnb.de abrufbar.

Verlag: BoD · Books on Demand GmbH, Überseering 33,
22297 Hamburg, bod@bod.de
Druck: Libri Plureos GmbH, Friedensallee 273,
22763 Hamburg
© 2021 Leah Cim
ISBN: 978-3-7534-5971-4

Inhaltsverzeichnis

Viktorias Sieg

Mittlerweile habe ich die 40 überschritten und bin bar jeden Spaßes. Natürlich habe ich an gewissen Dingen Freude wie meiner Porzellansammlung oder meinem Rosengarten. Meine anspruchsvolle und gut bezahlte Tätigkeit in einer Anwaltskanzlei hilft mir, mehr als gut über die Runden zu kommen.

Ich bin eine glückliche Single. Wobei das Glück in Freiheit und Unabhängigkeit besteht. Das hört sich traumhaft an und ich vermisse auch nichts – leider.

In jungen Jahren ließ ich ab und zu einen Mann an mich 'ran. Lange hielt keine Beziehung oder besser gesagt kam es nie zu einer, denn trotz 'ranlassens war es mit dem 'reinlassen nicht gut bestellt. Den Typen war die erste Trockenpenetration zu schmerzhaft, als dass sie eine zweite zu probieren gewillt waren. „Da kann ich ihn genauso gut in eine Mauerritze stecken", gehörte zu den wohlwollenderen Kommentaren.

Gleitcreme hätte ihnen wenigstens einen Durchstoß ermöglicht, um ihren Hodeninhalt bei mir abzuliefern, aber bis ich das Zeug gleichmäßig verteilt hatte, war ihnen die Lust vergangen. Folglich verzichteten sie darauf. Vergebens gab ich mich in allen Belangen willig. Die Kerle durften auf mir nach Belieben herumturnen, mich begrabschen, wo es ihnen gefiel, und beim Onanieren ihre Brühe auf meine Brüste spritzen. Ich bot ihnen Fellatio an. Das war in bescheidenem Maß erfolgreich, aber irgendwann wollen sie nun mal ihre besten Stücke in die Öffnung schieben, die die Natur dafür vorgesehen hat.

Ich bestellte ein paar Gigolos, die sich an mir totlutschten, aber auch ausgedehnte Cunnilingi animierten meine Vagina nicht zu einer Flüssigkeitsproduktion. Irgendwann gab ich auf. Zehn Jahre lang berührte mich keine Männerhand mehr.

Wenn ich überlege, dass meine Bekanntschaften genau das nicht ausprobiert hatten, was zum Erfolg geführt hätte, ärgere ich mich bis heute darüber, dass ich nicht selbst darauf kam. Vielleicht lag das Versäumnis daran, dass es sich um ein heikles und vielfach verpöntes Vorgehen handelt.

Den Gedanken an Erotik habe ich in eine abgelegene Ecke meines Gehirns verdrängt und beschäftige mich mit organischen Dingen auf wissenschaftlicher Ebene. So spaziere ich gern durch Parks und würdige die Pflanzenarrangements, ohne je eine Blume zu pflücken. Mich hin und wieder zu bücken und an einer zu riechen gebe ich mich nicht zu vornehmen.

Vielleicht hätte ich in die Kniebeuge gehen sollen, das wäre sicher weniger verlockend gewesen. Andererseits wäre es dann nicht zu meiner Entdeckung gekommen.

Um dem anderen Geschlecht keine leeren Versprechungen abzugeben, laufe ich eher wenig sexy in Röcken herum, die die Knie bedecken und nicht zu eng sind. Im Bücken straffen sie sich dennoch über ein bestimmtes Körperteil. Ich bewunderte gerade eine Primelrabatte, die in allen erdenklichen Farben erstrahlte, als ich einen heftigen Schlag auf meinen Po verspürte. Ich schoss in die Höhe, drehte mich um und sah einem jungen Mann ins Gesicht, das tiefe Röte aufwies. „Ent..., entschuldigen Sie bitte", stotterte er. „So einfach geht's nicht" fauchte ich und packte ihn am Arm. „Es...., es war einfach zu verlockend." Ich sah ihm in die Augen. Eigentlich wirkte recht sympathisch, was sich mir darbot. Außerdem spürte ich etwas..., etwas Unsagbares. Das Kribbeln der getroffenen Backe arbeitete sich nach vorn durch und bewirkte in dem, was sich bisher vergeblich bemüht hatte, meine Lustzone zu sein, eine angenehme Anwandlung. Hm.

Der Typ war höchstens halb so alt wie ich und hätte sich mühelos losreißen und davonrennen können, ohne dass ich eine Chance gehabt hätte, ihn in meinem unsportlichen Outfit einzuholen. Er war aber so eingeschüchtert, dass ihm das offenbar gar nicht aufging. Immer noch starrte er mich an, beinahe entsetzt.

"Hör' zu", sagte ich, "ich sollte dich wegen Belästigung anzeigen, aber wir könnten uns so einigen, dass du ungeschoren davonkommst." "Was bitte?" Einen Augenblick lang hatte ich das Gefühl, dass ein Gefallen, den er einer alten Schachtel tun sollte, schlimmer als eine Anzeige sein könnte. Unbewusst zauberte sich ein Lächeln auf mein Gesicht. "Keine Bange, ich Hexe werde dich nicht in einen Frosch verwandeln. Vielleicht handelt es sich sogar um einen Dienst, der dir angenehm ist." Sein Blick wurde misstrauisch. Dass ich ihm eine Annehmlichkeit bieten könnte, lag außerhalb seines Vorstellungsvermögens. "Ich wohne ums Eck", ermunterte ich ihn. "Denk' dran, das ist dein einziger Ausweg."

Immer noch misstrauisch trottete er neben mir her. "Du hast doch Zeit?". "Hm, ja. Heute Nachmittag habe ich weder Vorlesung noch eine Übungseinheit." "Wie darf ich dich nennen?" "Armand." "Mich nach meinem Namen zu fragen fiel ihm nicht ein. "Was studierst du denn?" "Philosophie und Geografie." "Lehramt?" "Nein, Master." "Sehr ungewöhnlich, denn was mit einem solchen Abschluss außerhalb von Universität und Forschung anzufangen sei, erschloss sich mir nicht.

Als ich das Gatter öffnete, erwachte in ihm der Drang, doch noch fortzulaufen – das war deutlich zu spüren. "Keine Bange. Ich werde sicher keinen Kampfhund auf dich hetzen."

Willenlos folgte er mir in meine Wohnung. Zum ersten Mal schien ich in ihm Interesse geweckt zu haben, als er die Weltkarte an der Wand erblickte und die zahlreichen Nadeln, die an allen möglichen Stellen steckten. "Waren Sie da schon überall?" Ich atmete auf. Er stellte von sich aus Fragen. "Ja." Ich hatte offenbar seine Bewunderung errungen. "Dann müssen Sie sehr reich sein." Ich lachte. "Nein. Ein bisschen Geld muss übrig sein, aber wenn du auf Komfort verzichtest, wirst du feststellen, dass reisen eine preiswerte Angelegenheit ist. Natürlich musst du auch darauf verzichten, deinen ganzen Jahresurlaub mit Faulenzen am Strand zu verbraten.

Wir werden uns nachher darüber unterhalten, denn ich glaube, ich habe mit meinem Leben einen kleinen Trumpf im Ärmel. Zunächst: Weißt du, was Viktoria bedeutet?" "Sieg." "Richtig. Ich verrate dir jetzt, dass ich so heiße und möchte, dass du mich so nennst. Einverstanden?" "Gern, Frau..., äh, Viktoria." "So ist's gut, Armand. Ich koche uns erstmal einen Kaffee und dann sage ich dir, welchen Dienst ich mir von dir erhoffe."

Es fiel Armand schwer, eine betagte, unbekannte Frau zu duzen, aber Kaffee und Kuchen lockerten die Stimmung, sodass es ihm nach einer gewissen Zeit leichter von der Zunge ging.

Ich setzte die Tasse ab. "So, Armand, nun zu meinem Begehr. Warum habe ich dich hergeschleppt?" "Du wolltest mir eine Anzeige ersparen." "Richtig. Und warum?" "Weil ich dir..., ich dir..." Ich zwinkerte ihm aufmunternd zu. "...du mir einen versetzt hast. Mein Wunsch ist, dass du das wiederholst, und zwar intensiv." "Ich soll dir...?" "Du sollst mir den Hintern versohlen. Den Grund erzähle ich dir gern irgendwann, aber nimm's jetzt einfach hin wie ich es sage. Einverstanden?" "Äh..., einverstanden."

Ich wies auf die Kommode. "Ich werde mich mit verschränkten Armen darüber beugen und du haust mir zum Einstand Zehn auf jede Backe. Zunächst bleibe ich bekleidet. Bist du bereit?" "Äh, ja."

Die ersten Schläge waren Liebkosungen. "Hör' mal", erklärte ich, "zum Aufwärmen sollen es Sanftere sein, aber ich bin ja bis jetzt gepanzert. Hau' bitte richtig drauf."

Nach den 20 prüfte ich meinen Erregungszustand. Von perfekt keine Rede, aber ausbaufähig. "Erschrick nicht", wies ich Armand an, als ich mein Höschen fallen ließ und mich wiederum über die Kommode bückte, diesmal aber meinen Rock über die Taille schob. Dann sah ich an mir vorbei und fragte: „Wie sieht's bei dir unten herum aus? Ein bisschen Spaß gehabt?" Armands Gesicht war dunkelrot angelaufen. „Du brauchst dich nicht zu schämen. Woher sollen denn die Babys kommen, wenn die Jungs nicht ab und zu einen Steifen kriegen? Du darfst nachher, das verspreche ich dir, aber zunächst hast du deine Arbeit zu tun. Dein Arbeitsplatz befindet sich unmittelbar vor dir. Und mach' dich unten herum am besten gleich frei."

Auf den Nackten weckte in Armand so viele Hemmungen, dass ich „fester" zu rufen gezwungen war. Allmählich wurde es besser. Ich spürte die Männerpranke aufprallen und ein wunderbares Kribbeln hinterlassen. Die Röte blieb mir zwar verborgen, aber die spielte mir keine Rolle. Schmerzen empfand ich immer weniger; die würden sich hinterher melden.

Dann war es soweit. Es kribbelte hinten und kribbelte auch vorn immer mehr. Spürte ich wirklich Feuchtigkeit sich bilden? „Los, lass' es brennen!" befahl ich. Der Rhythmus der Schläge beschleunigte sich und auch ihre Intensität nahm zu. Es juckte... ! „Jaa", rief ich, „und mehr und fester und Stakkato!"

Ich schloss die Augen, genoss das Klatschen und Flammeer hinten und das Prickeln vorn und begann zu keuchen. Ja, das war er: Der Orgasmus! Ich keuchte heftiger und merkte, dass das Klatschen schlagartig aufhörte und sich ein Gegenstand in meine Scheide schob. Wie herrlich das flutschte! Sofort spreizte ich meine Beine, um den Gegenstand gebührend willkommen zu heißen. Er war bretthart und glühend, aber die Flüssigkeit, die ihm entströmte und sich in meiner Gebärmutter verteilte, strahlte angenehme Kühle aus. Das nicht-stimulierte Jucken war nahtlos in handfest erzeugtes übergegangen; welche Offenbarung! Ich stöhnte und hörte es auch hinter mir stöhnen. Armand hielt eine ganze Weile durch, bis sein Freudenspender erschlaffte und allmählich aus meiner Grotte glitt. Ich verharrte in meiner devoten Empfängnisposition, bis sich mein Atemrhythmus normalisierte.

Ich erhob mich und sagte: „Klasse, gleichzeitig und das bei der Premiere!" Armand war dabei, sich mit hochroten Wangen zu richten. „Ent..., entschuldige, von, äh...", „...ficken war nicht die Rede", vollendete ich seinen Satz. Und fuhr mit gespielter Strenge fort: „Was hast du zu deiner Verteidigung zu sagen?" Armand wurde noch röter, obwohl ich das nicht für möglich gehalten hätte. Vermutlich hatte er sich der Farbe meiner rückwärtigen Backen angeglichen. „Es ging nicht anders. Er stand waagerecht und das, wohin er wollte, zog ihn magisch an." Meine Strenge löste sich in ein Grinsen auf und ich strich ihm über Gesicht und Haare. „Nimm doch nicht alles ernst, was ich sage. Was meinst du, wie großartig es war. Dafür sind Stecker und Steckdose doch von der Natur vorgesehen."

Er sah erleichtert aus. Dann fragte er in rückwirkender Verblüffung. „Premiere? Ich dachte, du wärst eine erfahrende Frau?!" Ich sah ihn sanft an. „Nein. Ich hielt mich für frigide und hatte längst alle Hoffnung aufgegeben, zu erfahren, was ein Orgasmus ist, als du mir im Park den Klaps hinten drauf gabst. Der löste etwas aus, was fremd, aber wunderbar war. Ich gebe zu, dich unter Drohungen hierher zu lotsen, war nicht fair, aber ich war in dem Augenblick so heiß, den neuen Horizont auszuprobieren, dass ich ohne Rücksicht auf Verluste agierte. Ich entschuldige mich dafür bei dir."

Armand hatte sich vollständig gefasst und sah mich bewundernd an. „Damit du beruhigt bist, nehme ich deine Entschuldigung an. Sie ist aber unnötig. Auch ich muss dir etwas gestehen: Mir hat das Spanken mindestens ebenso viel Spaß gemacht wie dir. Ich hatte mir geschworen, nie im Leben eine Frau zu schlagen und nun das. Irgendwann hatten sich meine Arme verselbstständigt. Eigentlich müsste ich Gewissensbisse haben, aber das ist nicht der Fall, wie ich zugeben muss.

Tut's arg weh?" Ich lachte. „Ich hab' ganz schön Feuer im Arsch. Merkwürdigerweise empfinde ich das als ange-

nehm, umso mehr, als meine Muschi zufrieden schnurrt.
Oh!"

Mein Rock war von selbst in seine angestammte Position zurückgerutscht und der Slip lag am Boden, sodass ich zunächst gemeint hatte, es bliebe zu Gunsten meines Äußeren nichts zu tun, aber jetzt lief es mir kühl und klebrig an den Innenseiten meiner Schenkel in südliche Richtung. Ich sah an mir hinunter. „Scheiße!" Ich entnahm meiner immer noch auf dem Tisch liegenden Handtasche ein Papiertaschentuch und rieb mein Einsatzwerkzeug und die weiteren betroffenen Teile provisorisch trocken. „Nicht Scheiße", korrigierte ich mich, „sondern dein Saft. Ganz schöne Füllmenge, alle Achtung. Naja, du bist ja ein junger Mann." Ich sah, dass Armand wieder verlegen wurde. „Das ist doch nicht schlimm. Was glaubst du, wie froh ich bin, endlich damit versorgt worden zu sein. Ich danke dir.

Zum Schlagen von Frauen. Dass dir das nie einfiele, ist lobenswert. Ich unterstütze das vollumfänglich. Aber das Wort, das du in den Mund nahmst – spanken –, ist eine andere Ebene. Es handelte sich um ausdrückliches Begehren einer erwachsenen Frau zu einem bestimmten Zweck, der erreicht wurde. Du hast darüber hinaus genau gewusst, wo die Grenzen sind, und dich auf den Schinkenspeck beschränkt. Genau das war mein Wunsch. Ich danke dir nochmals."

Armand blickte zu Boden. Ich fürchtete, dass er sich trotz meiner beruhigenden Worte schämte, und überlegte, wie ich ihn dazu bringen sollte, sich nützlich zu fühlen. „Ich habe vor, dich gleich richtig auszunutzen. Gönnst du mir einen ultimativen Kick?" Armand sah hoch und mich groß an. „Sicher. Worum handelt es sich?" „Da hinten ist ein Spiegel. Ich möchte…."

Bevor ich zu Ende geredet hatte, war ich hingehuscht, hatte meinen Hülle gehoben, betrachtete entzückt meine dunkelrosa Kehrseite und rieb sie kräftig. „Tätest du mir einen Gefallen?" Diesmal erkannte Armand sofort, worauf ich hinauswollte. Er näherte sich, langte an meinen sensitiven Bereich und begann sanft daran zu reiben. Nach wenigen Sekunden schüttelte es mich regelrecht durch, sodass Armand Mühe hatte, ‚dran' zu bleiben. Er schaffte es aber und bescherte mir einen zweiten galaktischen Abgang. Es dauerte mehrere Minuten, bis er abklang.

Ich atmete tief durch. „Heute zwei', auf 40 Jahre gerechnet alle 20 Jahre einer. Ich denke, die Bilanz lässt sich verbessern. Hilfst du mir dabei?"

Ich hatte mich meiner hochhackigen Schuhe bisher nicht entledigt. Dazu ist mein Fahrgestell ein bisschen lang geraten. Beides hatte die technische Voraussetzung gebildet, dass Armand mich ohne weitere Hilfsmittel hatte von hinten im Stehen nehmen können. Nun schleuderte ich mit einer Art Tanzbewegung die Fußbekleidung von mir, streckte die Arme nach oben und bückte mich. Armand verstand und zog mir das T-Shirt über den Kopf. Ein Nicken wies ihn an, sich am Verschluss des Büstenhalters zu versuchen und mir das Textil in genussvoller Langsamkeit abzuziehen.

„Als packte man ein Weihnachtsgeschenk aus", bemerkte er. So bewundernd, wie er nach seiner Enthüllung meinen Vorbau anstarrte, handelte es sich um ein willkommenes Weihnachtsgeschenk. Ich war immer überzeugt gewesen, meine ‚Dinger' seien sehenswert und angriffig. Früher waren die Kerle nie soweit vorgedrungen, aber nun bestätigte Armand meine Überzeugung. Ich stöhnte genussvoll, als sie von seinen warmen Händen gestreichelt und sanft geknetet wurden. Ich hatte ihn erobert.

Als er auf meinem Schoß saß, ich ihn mit Küssen abdeckte und er weiterhin meine Brüste zärtlich beackerte, schworen wir uns ewige…, naja, wenigstens vorerst dauerhafte Liebe. Viktorias Sieg, dachte ich. Spät kam er, doch kam er.

Fliegengewicht Stefanie

Ich liebte ein Mädchen auf dem Mars – ja, das war's.
Ingo Insterburg 1970

⌘

Als die Tür hinter mir ins Schloss fiel, verspürte ich Nervosität. „Willkommen in meinem Reich, Marius", sagte Stefanie. Ich sah mich um. „Sieht genauso aus wie in meinem." „Klar. Nur Linnea und Lieke, die Kommandantin und ihre Stellvertreterin haben etwas mehr Platz, alle anderen Subalternen in der Marsstation sind gleichgestellt. Das gilt auch für die Putz- und Fick…, äh Flickfrau."

Ich hatte mich an Stefanies recht loses rheinisches Mundwerk bereits in der Bar gewöhnt, in der ich sie zu einem Drink eingeladen hatte, den sie zu meiner Überraschung annahm. Schnell bedeutete sie mir, als Geringstbezahlte von uns durchaus Angebote zu einem Zuverdienst gutzuheißen. Was sie damit meinte, wäre auch dem Naivsten aufgegangen.

„Dreh‘ dich bitte um", beschied Stefanie mir. „Soll ich nicht…?" „Doch, aber ein bisschen sexy soll's schon sein. Moment, ich bin gleich fertig." Ich hörte eine Schranktür gehen und Stoff rascheln. „So, jetzt darfst du schauen."

Stefanie hatte sich ihrer Montur entledigt, in der wir alle während der Schicht herumlaufen, und ein schönes enges T-Shirt und einen Minirock übergestreift. Beide Teile präsentierten sich nuttig-schwarz und betonten ihre weiße Haut, vor allem die endlos langen Beine. Ich merkte, wie sich meine Lendengegend meldete. Dennoch gelang mir ein Scherz. „Ist die Oma gestorben?" „Das Problem ist, dass wir hier kein Bräunungsstudio haben und die Sonne scheint auf dem Mars viel zu schwach, als dass sie etwas ausrichten könnte. Da verwandeln dich weiße, lachsfarbe-

15

ne oder grüne Klamotten in ein Gespenst. Es ginge höchstens dunkelblau.

Na, was ist?" Stefanie reagierte ungeduldig auf mein Zögern. Ich erinnerte mich an Aileen, die indische Kommandantin des Raumschiffs, das mich gebracht hatte, und ihre wunderbar dunkle Haut. Die Vorstellung, dass mich deren Schenkel umschlängen, bremste meine Lust, obwohl meine fünfte Extremität unmissverständlich in Richtung schwarzem Mini drängte. Stefanie schien Gedanken lesen zu können. „Mach' dir nichts draus", beschied sie mir, „wenn du an deine Frau oder sonst eine mit brauner Haut denkst; ich bin zur Mechanik da, nicht, weil ich einen Ehemann suche. Das akzeptieren sogar unsere Kommandantinnen stillschweigend, obwohl mein Nebenjob natürlich in keinem offiziellen Protokoll vermerkt ist. Mein Höschen ist übrigens auch schwarz. Je nachdem, wie eilig es wird, lässt es sich im Schritt aufknöpfen.

Jetzt zieh' endlich den Overall aus, sonst geht er nicht mehr über deinen Ständer." Es war tatsächlich ein bisschen mühsam und nach vollbrachter Anstrengung drängte er, auch vom Slip befreit zu werden. Als das ohne Havarie geschehen war, schnellte er in die Waagerechte und wies auf das Handtuch um Stefanies Becken. „Na also.

Wie wär's als erstes mit einem Akrobatenstückchen oder einem, das nach Akrobatik aussieht." „Wie meinst du das?" „Ich bin 1,75 Meter groß und wiege 71 Kilo – auf der Erde. Hier sind's nur 27. Ich denke, die kriegst du gehalten?!" Ich erkannte, was Stefanie meinte, und grinste. „Na dann, knöpf' mal auf." Ich hielt die Hände ausgebreitet vor mich. Stefanie stemmte sich auf meinen Schultern in die passende Höhe hoch, spreizte ihr Fahrgestell, senkte ihr Gesäß auf meine Handflächen und befahl leise: „Andocken!" Ich spürte, wie mein Erfüllungsgehilfe eine enge, feuchte, warme und weiche Öffnung fand und immer weiter in sie eindrang. Ich schaukelte die festen, drallen Pobacken verhalten, knetete sie gleichzeitig und ließ meinem Hodeninhalt freien Lauf. Stefanie schnurrte versonnen und ich brummte zufrieden.

Irgendwann ist der üppigste Vorrat aufgebraucht und der härteste Krieger müde und schlaff. Stefanie sprang ab und dichtete sich unten herum wieder ab. „Willst du nicht…?" „Später. Ich hab's gern unten klebrig. Das Zeug soll nur nicht auf den Fußboden tropfen."

Ich wusste nicht, ob sie ihren Lohn bereits als verdient betrachtete. Sie schien auch diesen Gedanken zu erraten und lachte. „Mein Lieber, drei Mal erwarte ich mindestens. Ein bisschen will ich ja auch davon haben." „Bist du Nymphomanin?" „Ganz so schlimm ist's nicht, aber ich lasse es unten gern jucken.

Ich werde versuchen, dich wieder hochzubringen. Eins mögen alle Männer. Komm' mit ins Bad." Ich folgte Stefanie und sah am Ziel zwei Ösen an der Decke, die eine Handbreit Raum ließen. Stefanie streckte die Arme, sprang hoch, da ihre Länge nicht ganz hinaufreichte, packte die Ösen und ließ sich in voller Länge von ihnen herabbaumeln. „So, jetzt kannst du mich zum Schaukeln bringen." Ich sah, dass die Ösen von losen Holzrohren ummantelt waren, die sich an die Hände schmiegten, packte sie an den Hüften und begann sie hin- und herzupendeln. „So meinte ich's nicht", beschwerte sich Stefanie, „ich dachte eher an Impulserhaltung."

Da dämmerte es mir. Ich versetzte ihr einen kräftigen Klaps auf ihr am besten gepolstertes Körperteil und nahm eine winzige Bewegung wahr. „Da muss ich aber ganz schön fest…." „Ich fürchtete schon, du begreifst's nie."

Ganz allmählich nahm die Sache Fahrt auf. Immer, wenn Stefanie nach ihrem Rückschwung eine Sekunde im Stillstand verharrte, haute ich mit voller Kraft wechselweise auf die linke oder rechte Rundung, sodass sich die Pendelbewegung kontinuierlich verstärkte. Langsam fand ich Gefallen an dem Vorgehen und sogar Zeit zu einem wissenschaftlichen Monolog. „Das ist der Unterschied – WACK! –

17

zwischen Gewicht und Trägheit. Während dein Gewicht – WACK! – hier nur zwei Fünftel dessen auf der Erde beträgt, ist – WACK! – deine Masse gleich. Das heißt, um dich in Bewegung zu setzen, ist – WACK! – ist gleiche Kraft aufzuwenden wie zu Hause."

Nach einer Weile war ich wegen der Trägheitsgesetze außer Atem. Stefanie sprang zu Boden, ließ das Höschen rutschen, hob den Rock an und gestattete mir eine ausgiebige Besichtigung ihrer herrlichen rosafarbenen Apfelsinen. Als sie meinen Zustand gewahrte, erübrigte es sich nach meiner Befindlichkeit zu fragen. Sie stellte sich mit dem Rücken zu mir und gespreizten Beinen auf den Sims der Duschwanne und stützte sich mit ausgestreckten Armen an der gegenüberliegenden Wand ab. Die Höhe passte genau. Der warme Po entlockte mir einen Orgasmus, dessen Intensität den des ersten weit in den Schatten stellte. Ich hoffte, dass Stefanie genauso empfand.

Acht Stunden lang wie ein Frosch kann ein Mensch nun mal nicht und wir standen keuchend da, Stefanie immer noch gegen die Fliesen gestützt und ich aufrecht, aber angeschlagen. Dann erhob sie sich und grinste ihrerseits zufrieden. „Okay. Meine beiden Gefährten können ruhig noch ein bisschen mehr erröten. Ich schlage eine weitere Staffel vor, aber klassisch. Würdest du mich unten 'rum säubern?"

Nichts lieber als das. Das Höschen warf Stefanie in den Wäschekorb. Als wir in das Wohnzimmer zurückkehrten, drapierte sie ein großes Handtuch über die Couch und hieß mich in deren Mitte Platz nehmen. „Bist du Links- oder Rechtshänder?" „Rechts." „Okay." Sie legte sich quer über mich und schob ihren Rock über die Taille. Ihr appetitliches Becken drückte genau auf meinen Schoß, ihre unteren Extremitäten streckte sie nach rechts weg, ihr Oberkörper lagerte links von mir und ihren Kopf hatte sie so zwischen ihre verschränkten Arme platziert, dass sie mich ansah. „Nun?"

Ich grinste wieder. Da die Landeplätze meiner Handfläche bereits vorgewärmt waren, legte ich gleich los, allerdings in einer Art Walzertakt. Zunächst zwei leichte – PATSCH – PATSCH, dann den dritten, ernstgemeinten – WACK! Dann ein bisschen kneten und die nächste Rate: PATSCH – PATSCH – WACK! – kneten. Was für durchtrainiert straffes Frauenfleisch!

Stefanie fuhr auf die Behandlung unglaublich ab. Zunächst lobte sie mich: „Boah, super! Mach' weiter! Bitte, bitte mehr!" Ich erkannte auf ihrem Gesicht ein seliges Lächeln. Dann begann sie zu stöhnen und sich eindringlicher zu äußern: „Bisschen schneller, ja, so ist's gut!" Das PATSCH – PATSCH – WACK! kam nun im Stakkato, aufs Kneten verzichtete ich. Inzwischen leuchteten mir ihre Halbkugeln dunkelrot entgegen, ihr Gesicht verzerrte sich und sie kam richtig. Sie schrie beinahe, zappelte mit den Unterschenkeln und ich spürte auf meinem Schoß, wie sich ihre Vaginaflüssigkeit mit meiner Feuchtigkeit vermischte. Endlich beruhigte sie sich und ich begnügte mich, ihre geschundene Haut zu tätscheln. Sie schnaufte. Dann fragte sie: „Boah, einen Abgang ohne weitere Stimulation habe ich noch nie geschafft. Wo hast du das denn gelernt?" „Ich stellte mir einfach vor, dass das schön sei.

Aber, Stefanie…." „Ja?" „Würdest du bitte ganz vorsichtig aufstehen? Ich meine…." „Klar." Sie vollführte eine Art Liegestütz, um mich vollständig zu entlasten, erhob sich und forderte mich auf, es ihr nachzutun. Dann kniete sie sich auf das Handtuch und spreizte wiederum die Beine. Die Stellung war unbequemer als in Bad, denn Stefanie musste sich ziemlich ducken, um Platz zu finden. Für mich war es natürlich eine Offenbarung. Meine Lenden drückten gegen eine Heizung, während ihr ausführendes Organ wieder und wieder zustieß. Stefanie schien erneut abzusondern, denn trotz der Enge ihrer Grotte flutschte es wunderbar. Es war der beste Orgasmus meines Lebens. Aileen würde sich anstrengen müssen, es Stefanie gleichzutun – wenn ich sie je ‚dafür' gewinnen würde.

19

Stefanie verharrte eine Weile in ihrer gekrümmten Stellung, nachdem ich von ihr abgelassen hatte. Dabei fielen mir zwei weitere Apfelsinen auf, die ich bisher sträflich vernachlässigt hatte, mir aber nun ins Auge fielen, weil ihre Besitzerin immer noch heftig atmete und sie schön wogten. Ohne zu fragen ergriff ich sie und begann die beiden Brüste intensiv zu begrabschen. Stefanie schloss die Lider und seufzte und schnurrte wieder. Dann begann sie zu glucksen. „Deine rechte Hand ist viel wärmer als deine linke." „Was denkst du wohl, warum? Dein Schinken hat da ständig draufgehauen." „So 'rum? Eigenwillige Interpretation."

Nach einer Weile bat ich: „Richtest du deinen Oberkörper auf?" Stefanie gehorchte. „Streckst du bitte die Arme in die Höhe?" Auch diesen Wunsch erfüllte sie mir und ich zog ihr das T-Shirt über den Kopf, sodass ihre nördliche Region bar aller Geheimnisse verblieb. Mensch, waren das zwei Dinger! „Greif' ruhig beherzt zu!" Ich grub meine Hände regelrecht in sie hinein, während ich merkte, dass Stefanie ihre Hände in Aktion gesetzt hatte. Sie stöhnte und bog sich. Auch ich merkte, dass sich bei mir wieder frische Kräfte aufbauten. „Bitte bücken!" flüsterte ich, als ich erkannte, dass sie fertig war. Dank ihrer wieder eingenommenen gekrümmten Stellung brauchte ich ihre ‚Dinger' nicht loszulassen, während ich zustieß, auch wenn das ein wenig Geschick erforderte. –

Wir saßen auf der Couch und Stefanie hatte ihrem Kühlschrank zwei Bier entnommen und kredenzte sie uns in edlen Gläsern. Das erstaunte mich, denn auf der Mars-Forschungsstation ist zwar Alkohol erlaubt, darf jedoch ausschließlich in der Bar konsumiert werden. „Wie hast du das denn 'rausgeschmuggelt bekommen?" „Hab' ich gar nicht. Jim, der amerikanische Barkeeper, zählt zu meinen Kunden." Ich lachte. „Das hätte ich mir denken müssen."

Wir wurden nicht zärtlich, denn Stefanie fühlte sich ihrem Eingangsmotto verpflichtet, nur für die Mechanik, das heißt den Unterleib zuständig zu sein. Wir schauten uns auch nicht tief, sondern brauhausmäßig in die Augen, als wir uns zuprosteten. „Hier könnte man ein Maß mühelos hochheben", stellte ich als weitere epochale wissenschaftliche Erkenntnis in den Raum, „das nächste Oktoberfest lassen wir auf dem Mars steigen."

Der gemeinsame Abend näherte sich seinem Ende. „Hab' ich mein Geld verdient?" wollte Stefanie wissen. „Mehr als das. Aber: Hab ich's auch?" Sie lachte. „Bestens. Weißt du, viele Frauen brauchen es nicht so dringend. Ich kann mir vorstellen, dass Xiliang und Miyu, aber auch Linnea und Lieke möglicherweise ohne Verkehr bis zum Abschluss ihrer Mission auskommen werden, ohne dass ich ihnen direkt unterstelle, lesbisch zu sein. Mir würde es ,ohne' schwer fallen. Vermutlich würd' ich mehrmals täglich die Handkurbel ansetzen. Du hast ja mitgekriegt, dass ich mich mit Vergnügen durchnudeln lasse. So gesehen verhalte ich mich anders als eine Nutte. Allerdings zieh' ich nicht ein halbes Dutzend am Tag durch.

Eins haben wir übrigens nicht probiert, obwohl ich's dir versprochen hatte." „Was?" „Na, wie leicht es bei zwei Fünfteln Schwerkraft geht. Hast du noch einmal Lust?"

Wirklich lastet ein so viel geringerer Druck auf dem Arm, der in der Waagerechten zwangsweise untergreift, dass man zu schweben meint. „Leider gewöhnt man sich daran und findet's irgendwann normal", bedauerte Stefanie. „Ich glaube, wenn ich wieder auf der Erde bin, kann ich's nur noch wie wir zu Anfang: Beine auseinander, bücken und im Stehen 'reinspritzen lassen; da ist's egal, wie schwer die Schwerkraft auf einem lastet. Du bist so wunderbar leicht." „Naja, 36½ Kilo statt der irdischen 96; das macht schon 'was aus." Ich war nach der fünften Nummer aus eben dem Grund einfach auf ihr liegen geblieben. Stefanie hielt mich umschlungen und signalisierte nicht, dass ich ihr lästig sei.

Irgendwann löste ich mich von ihr. „Ziehst du eigentlich bei allen dasselbe Programm durch?" fragte ich, ohne eine Antwort zu erwarten. Zu meinem Erstaunen erhielt ich eine, ohne allerdings Namen zu erfahren: „Keineswegs.

Heute war ich extrem gefordert. Die meisten ‚können' nur ein Mal, da helfen auch kein Spankingrock und kein aufknöpfbares Höschen. Schon das Akrobatenstück zu Beginn trau' ich den meisten nicht zu. Bei dir hatte ich keine Bedenken und auch nicht, dass es mehrmals funktionieren würde. Allerdings war mir klar, dass ich dich speziell würde aufgeilen müssen." „Und wie hast du erkannt...?" „Du hast unverhohlen meinen Arsch angestarrt. In dem knackengen Latex exponiert er sich ja auch stark. Allerdings gibt's Männer, die ihn überhaupt nicht wahrnehmen. Da brauch' ich die Spankingvariante gar nicht zu versuchen." „Du lässt dir ganz gern deinen Hintern versohlen?" „Es geht auch ohne, aber wenn ich einmal heiß bin, darf's ruhig ein bisschen brennen.

Sonst noch 'was?"

Ich lächelte. „Nein, es ist alles geklärt. Ich bin froh, dass du deine Gebühr nicht pro einmal 'reinstecken oder gar pro Treffer auf den Po erhebst; das würde unter Umständen recht teuer." Zum ersten Mal strich mir Stefanie mit der Hand über die Wange. „Bei dem Spaß, den ich mit dir hatte, wäre das Wucher. Außerdem möchte ich, dass du wiederkommst. Schließlich sind wir hier für zwei Jahre aneinander gekettet. Es bleibt dabei: Die Gebühr ist für beliebiges 'rumturnen, solange das Beisammensein dauert."

Als ich die Tür der verräterischen Kammer öffnete, hoffte ich, nicht gesehen zu werden, obwohl Stefanie gleich zu Beginn preisgegeben hatte, dass selbst die Chefin wusste, was in ihrer mehr oder weniger allabendlich getrieben wurde. Besonders froh bin ich über die durchweg schalldichten Wände der Station, klatscht doch eine flache Hand auf einem Spankingrock dermaßen lautstark, dass wir andernfalls den Rest der Besatzung hätten an unseren Spielchen teilhaben lassen.

Erfolg für Gianna

Vorspann

Die luxuriöse Limousine hielt vor der schmucken Jugend-stilvilla. „Das ist dein bisheriger Arbeitsort?" fragte Eike Haberstedt. „Das sieht ja hochherrschaftlich aus." „Das war's auch einmal", bestätigte Petra Molnow. „Wir halten den Kasten gut in Schuss, damit sich unsere Freier wohl-fühlen." „Wärst du beleidigt, wenn ich dich frage, ob das ein Edelpuff ist?" Petra lachte. „Warum sollte ich beleidigt sein? Zu deiner Frage: Halbwegs. Es gibt billigere als uns, aber nur vom Edelsten und Feinsten ist bei uns auch nicht."

Die beiden stiegen aus. „Heller Nachmittag", stellte Petra eine Selbstverständlichkeit fest, um fortzufahren: „Da sind nicht viele Kolleginnen da. Die da sind, werden allerdings hinter den Gardinen lauern und sich fragen, mit welchem Galan ich hier aufkreuze." „Sie brauchen doch nur auf die Aufschrift der Autotür zu achten." Petra lachte. „Wenn sie so schlau sind.

Lass' uns 'reingehen."

Das Treppenhaus war beeindruckend. „Fast wie Versail-les", kommentierte Eike. „Übertreib' nicht. Hier links geht's ins Allerheiligste." Klopfen, „herein" und das Paar stand vor der Herrin des Etablissements. Erstaunt sah diese auf. „Petra! Was ist…? Das ist sehr ungewöhnlich, was du ge-rade tust."

„Gestatten Sie, dass ich mich vorstelle. Mein Name ist Eike Haberstedt. Möglicherweise haben Sie…." „DER Eike Haberstedt? Das…; das ist eine Überraschung. Ent-schuldigen Sie meine Unhöflichkeit." Die Puffmutti stand auf, umschwang elegant ihren mächtigen Schreibtisch und reichte Eike ihre Hand. „Darf ich mir das herausnehmen?" „Selbstverständlich." Während Eike die Hand schüttelte, musterte er die Frau so unauffällig es ging – was Mutti natürlich nicht entging. „Ich bin Geraldine. Gestatten Sie, dass ich meinen Nachnamen vorerst aus dem Spiel lasse, zumindest bis ich weiß, worum es geht. Da Sie meine beste Mitarbeiterin im Schlepptau haben, vermute ich Größeres."

Eike blickte die beste Mitarbeiterin amüsiert an. „Das ist doch ein Kompliment, Petra!

Das Große soll darin bestehen, dass Ihre beste Mitarbeiterin bald meine beste wird", fuhr er fort, an Geraldine gewandt. „Oh!" Ihr Gesicht zerfiel förmlich. Dann besann sie sich ihrer Pflichten. „Nebenan ist eine Sitzecke; sollen wir uns da nicht niederlassen, um alles in Ruhe zu besprechen?" „Gern." „Petra, kannst du...? Ach, Quatsch!" Geraldine öffnete die Tür zum Flur und rief ins Leere: „Gianna, kannst du bitte drei Kaffee fabrizieren und mir bringen?" Aus unergründlicher Tiefe hallte es zurück: „Gern, Mutti!"

Geraldine sah in die Runde und sah verunsichert aus. „Darf ich anfangen?" „Gern, Herr Haberstedt." „Sie wissen, dass Petra heute Morgen zur Duesenberg Elektro AG einbestellt war." Geraldine nickte. Eike fuhr fort: „Petra sollte als..., äh, model für eine neue Spankingmaschine herhalten. Von dem Ganzen sollte ein Werbefilm gedreht werden und wurde auch, was Petra zu Beginn nicht gefiel und was sie eigentlich auch gar nicht darf, wie sie sagte. Ich gebe zu, dass mein Name mitgeholfen hat, sie zum Mitmachen zu überreden."

Gianna schwebte herein, zauberte die Gedecke auf den Tisch, schaute ihre Kollegin irritiert an und entschwebte wieder.

„Dazu sollten ein paar Sprüche gesagt werden und das erledigte Petra mit so viel Bravour, dass ich sofort erkannte, dass an ihr eine Schauspielerin verloren gegangen ist. Das heißt, was nicht ist, kann noch werden." „Sie wollen...?" „Ich habe Petra die Hauptrolle in meinem nächsten abendfüllenden Film angeboten."

Geraldine sah den großen Regisseur fassungslos an. Dann kamen ihr die Tränen. „Meine Petra...." Eike war die

24

Qual anzusehen, Geraldine so unvermittelt vor vollendete Tatsachen gestellt zu haben. „Petra ist eine großartige Frau." „Das weiß ich, aber Sie haben doch Dutzende professioneller Schauspielerinnen an der Hand." „Aber Zicken und Mimosen. Petra ist das nicht.

Möchtest du weitererzählen?" forderte Eike seine künftige Hauptdarstellerin auf. „Hm, ja. Bisher hatte ich keine Zeit, das Drehbuch zu lesen, aber ich glaube Eike, dass es Tiefgang hat. Es handelt sich wohl um eine extrem freie Neuinterpretation von Bizets Carmen, in die heutige Zeit verlegt. Zur heutigen Zeit gehören etwas freizügigere Darstellungen. Carmen erlebt Höhen und Tiefen und wenn sie unten ist, bekommt sie Prügel, und zwar richtige, damit es echt aussieht." Geraldine sah Petra gespannt an. „Und du bist bereit dazu, während deine Konkurrentinnen…?" „Genau. Ich bin es, wie du weißt, sowieso gewohnt und heute habe ich auf dem Bock vor der Spankingmaschine anscheinend überzeugt." „In die Kamera zu lächeln und fehlerlos schmachtende Sprüche aufzusagen, während es auf ihren nackten Hintern einprasselt, hat mir imponiert", bestätigte Eike.

Geraldine blickte wieder verunsichert. „Und ihr habt gar nicht, ich meine…." „Nein." „Na sowas."

Eike räusperte sich. „Mir ist klar, Geraldine, dass Sie gerichtlich gegen diese direkte Art der Abwerbung vorgehen könnten. Andererseits sollten Sie dem Glück und dem Aufstieg Ihrer besten Mitarbeiterin, wie Sie selbst sagten, nicht im Weg stehen. Das Glück wird zwar nicht ganz schmerzfrei sein, denn die Film-Spankingszenen sind realistisch geplant, werden aber maximal mit nachgiebigen, flachen Werkzeugen durchgeführt, sodass sie für Petra auf keinen Fall zu Verletzungen führen.

Für Sie habe – hoffentlich – ein Trostpflaster. Die neue ‚Carmen' wird aus fünf Grobszenen bestehen, von denen die erste in einem Bordell spielt. Ich würde mich freuen, Ihr Haus als Schauplatz dafür benutzen zu dürfen. Wenn wir es für, sagen wir, eine Woche in Beschlag nehmen, werden

Ihnen die Aldebaran-Studios das natürlich angemessen vergüten. Und Ihre Damen dürfen, sofern Sie zustimmen, gegen Gage auch vor die Kamera treten und der eine oder andere tolerante Freier ebenfalls."

Geraldine schwieg eine Weile. Dann räusperte sie sich ihrerseits und sagte: „Nein, Petras Glück will ich auf keinen Fall im Weg stehen, dazu habe ich sie zu gern. Petra, du bist gewillt, für deine Karriere als Filmstar deinen Ar..., äh, Allerwertesten hinzuhalten?" „Ja, Mutti." „Dann machen wir den Deal.

Sag' mal, Petra, duzt du den großen Mann eigentlich?" „Er hat mir verboten, ihn mit Sie anzureden. Er käme sich so alt vor, wenn junge Frauen das tun." „Das gilt auch für Sie, Geraldine." Im Lachen der Puffmutti klang Erleichterung mit. „Ich bin zwar nicht jung, hätte mich aber trotzdem nicht getraut, dir das Du anzubieten. Also, Eike, vielen Dank und ich bin Geraldine. Und heiße darüber hinaus Kunze, aber das hört sich nicht nach Künstlerin an."

1. Szenario: Nutte

Das Kamerateam zog in die ausladende Jugendstilvilla ein. Damit der übliche Betrieb nicht zu sehr gestört wurde, beschränkten sich die Innenaufnahmen auf zwei Zimmer.

Erste Klappe.
Carmen hat gerade einen Freier empfangen.
Carmen: Soll ich mich ausziehen?
Freier: Nein. Es reicht, wenn du dein Höschen fallen lässt. Dein Kleid kannst du anlassen.
Carmen schiebt den Saum hoch genug, um das ange-sprochene Textil zu fassen zu bekommen, und zieht es ein Stück hinunter. Nach wenigen Zentimetern fällt es von allein zu Boden.
Carmen: Und jetzt ?
Freier: Soll ich dich animieren? Du bist die Nutte.
Carmen: Ihn hochkriegen ist deine Sache.
Freier: Okay. Bück' dich über die Kommode da.
Carmen: *Gehorcht.*

*Beide Personen sind jetzt von hinten zu sehen. Der Freier
nähert sich Carmen, hebt den Stoff, dass ihr blanker Hintern
in voller Größe zu erkennen ist, und haut ihr mit voller Kraft
auf eine Backe.*

Carmen: Au! Spinnst du?

*Die getroffene Stelle weist den Abdruck von vier Fingern
auf.*

Freier: Das ist im Preis inbegriffen, ich hab' extra gefragt.

Carmen: Scheiße.

*Der Freier verpasst Carmen 20 Schläge. Carmen keucht
bei jeden Treffer, beschwert sich aber nicht weiter. Die
Kamera schwenkt zwischen dem sich rötenden Po und
Carmens gequältem Gesicht hin und her.*

Freier *keucht ebenfalls*: So, nun steht er. Mach' die Beine
breit, du Nutte.

Er beginnt sich seiner Hose zu entledigen.

Klappe.

„Okay", sagte Eike, „eine Einstiegsszene ohne weiteren
Bezug zur Handlung, die lediglich zeigt, wie es in einem
Puff mittlerer Güte zugeht." Er nickte dem Freier zu. „Vielen
Dank für Ihre Mitwirkung. Sie werden im Abspann erwähnt.
Sie können sich Ihre Gage in unserem provisorischen
Büro abholen." „Vielen Dank, Herr Haberstedt."

Dann sprach der Komparse seine ehemalige Liebesdiene-
rin an, die lässig am Schauplatz ihrer Züchtigung lehnte
und sich sachte ihren Allerwertesten rieb. „Entschuldige,
Petra. Aber das Drehbuch…." „Schon gut, Eberhard. Du
hast mich niemals in irgendeiner Weise misshandelt und
ich weiß, dass du das auch nie tätest. Ich werde dich in
angenehmer Erinnerung behalten."

„Danke, Petra." Sichtlich erleichtert ob der Absolution verließ Eberhard stolpernd den Drehort. Eike wandte sich
seinem Stammteam zu. „So, Kinder, Kaffeepause. Und
dann die Szene, in der Carmen den Mafiaboss kennenlernen wird, der ihrem Leben die entscheidende Wende
gibt."

Klappe.
Der Akt ist vorbei, das Bett ist zerwühlt und Carmen und Moralès sitzen zur Schlussbesprechung bei einem Kaffee am Tisch.

Carmen: Schlussbesprechung? Was soll das denn?

Moralès: Das soll heißen, dass ich sehr zufrieden mit dir war.

Carmen *lächelt geschmeichelt*: Das waren bisher alle.

Moralès: Daran zweifle ich nicht. Ich meine aber nicht nur deine vermietete Öffnung, sondern dein ganzes Auftreten. Das ist nicht das einer..., naja, Nutte, sondern einer Dame.

Carmen: Komisch, alle meinen, nur weil das ein Puff ist, müsste sie einen Schweinestall mit entsprechendem Personal vorfinden.

Moralès: Auch das meine ich nicht. Ich meine, du könntest ohne weiteres einen Betrieb leiten.

Carmen: Danke. Aber ich fürchte, da traust du mir etwas zu viel zu.

Moralès: Ich meine auch keinen Großbetrieb, sondern eher eine Art Revier.

Carmen: Was soll das heißen?

Moralès: Bevor wir weiter reden, frage ich dich, ob du an einer Verbesserung deiner Lage interessiert bist.

Carmen: Selbstverständlich. Wer wäre das nicht? Andererseits möchte ich nicht, dass die Verbesserung darin besteht, dass ich als letzte Konsequenz gesiebte Luft atme.

Moralès: Blitzmerker! Was ich dir anbiete, ist sozusagen das pralle Leben. Entweder in völliger Sicherheit vor dich hinvegetieren oder ein Risiko eingehen und das große Geld kassieren.

Carmen: Ich sollte in paar Einzelheiten wissen.

Moralès: Frag' deine Mutti, ob sie ein paar Minuten Zeit hat.

Klappe.

Während Puffmutti Geraldine Kunzes Büro in einen Drehort umgebaut wurde, saß Eike mit seinem Team in der Cafeteria. „Was ich nicht einkalkuliert hatte", stöhnte Petra, „ist der immense Kaffeekonsum. Wenn ich so weitermache, können wir die nächsten Szenen an der Decke drehen." Eike lachte. „Das gehört zur Abhärtung. Du wirst bald nicht unter einem Liter pro Stunde auskommen." „Dann muss in jeder Ecke ein Plastikklo platziert sein."

Klappe.

In Puffmutti Lieselottes Büro sitzen diese, Carmen und Moralès am Konferenztisch.

Lieselotte: Soso, Moralès, du meinst, du hast in Carmen eine brauchbare Hehlerin gefunden.

Carmen *blickt irritiert von Lieselotte zu Moralès und zurück*: Es handelt sich um ein abgekartetes Spiel?!

Lieselotte: Nicht direkt abgekartet. Ich tue Moralès ab und zu einen Gefallen...

Moralès: ...und ich deiner Chefin.

Carmen: Und worin bestehen diese ‚Gefallen'?

Moralès: Es gibt nichts lukrativeres als Drogenhandel. Die Dummheit der Regierung besteht darin, das Zeug nicht freizugeben, zumindest Cannabis. Dann wären wir, die Drogenmafia, aus dem Geschäft draußen. Um Heroin und Kokain zum Verkauf freizugeben, bräuchte es deutlich mehr Mut, obwohl der Verbrauch nach Freigabe eher zurückginge als stiege. Der Reiz des Verbotenen....

Carmen: Wie damals während der amerikanischen Prohibition. Da stieg der Alkoholkonsum...

Moralès: ...und plötzlich gab es das, was bis heute Mafia heißt. Vielleicht werden wir eine weitere lukrative Einnahmequelle mit Zigaretten auftun.

Carmen: Die sind doch nicht verboten.

Moralès: Das nicht, aber es werden so viele Hindernisse ausgelegt, dass die Süchtigen bereit sind, einiges mehr für eine Schachtel auszugeben, um der Registrierung zu entgehen. Das Geld, das sie für ihre Krankenkasse weniger ausgeben, wenn sie sich überzeugend als Nichtraucher verkaufen, kriegen dann wir.

Carmen: Toller Plan. Worin bestehen nun die gegenseitigen Gefälligkeiten?

Moralès: Ich deutete es zu Beginn an. Wir suchen Hehlerinnen und Edelnutten sind dafür wie geschaffen.

Carmen: Danke. Für die Edelnutte, meine ich. Ich halte mich bisher für die unterste Schublade.

Lieselotte: Unterste sicher nicht, Carmen, aber aus dir könnte mehr werden. Allein deine Ausdrucksweise hebt sich von der deiner Kolleginnen ab.

Carmen: Bisher hab' ich von meinem Abitur nichts gehabt.

Moralès: Zunächst musst du weiterhin rackern, Carmen, aber bei deiner Intelligenz wirst du bald eine führende Position einnehmen.

Carmen: Bevor ich mich euphorisch zur Camorrachefin erkläre, möchte ich ein konkretes Angebot hören.

Moralès: Vier Riesen fix, bis du so gut wirst, dass du bei anteilmäßiger Beteiligung höher kommst.

Carmen: Vier Riesen habe ich manchmal auch mit Beinebreit-machen geschafft.

Moralès: Manchmal, aber nicht fix. Und das ist der Beginn.

Carmen: Und Nuttendasein adé?

Lieselotte: Hin und wieder liegt eine Nummer für einen Bullen drin. Wir wissen genau, welche von den Kerlen korrupt sind und welche nicht. Auf jeden Fall brauchst du dir nicht mehr von unterbelichteten Kraftprotzen den Arsch vollhauen zu lassen.

Carmen *schweigt eine Weile nachdenklich*: Bekomme ich eine Schulung?

Moralès: Selbstverständlich. Du wirst drei Wochen in Begleitung einer erfahrenen Kollegin unterwegs sein und wenn du meinst, das wäre alles nichts, hast du das Recht, wieder auszusteigen.

Carmen: Na gut, einverstanden; alles besser als der jetzige Zustand.

Klappe.

„Wenn mir ein Kerl so käme, bekäme er ein paar in die Fresse, dass er sich nie wieder blicken ließe", erklärte Geraldine so grimmig, dass alle ihr glaubten. „Bis jetzt könnte es ein Theaterstück sein", warf Petra ein, „alles auf bescheidenem Bühnenbild." „Das wird sich im nächsten Szenario ändern", versprach Eike, „da geht's nach draußen.

Zunächst machen wir ein paar weitere Innen- und Außenaufnahmen von der herrlichen Villa und streuen sie zwischen die Dialoge. Wir drehen halt einen Film und führen kein Theaterstück auf. Im Abspann werden wir ausdrücklich darauf hinweisen, dass der Schauplatz original ist, aber mit Drogenhandel nichts, aber auch rein gar nichts zu tun hat.

Ich danke dir, Geraldine, dass wir bei dir drehen durften. Ich weiß, dass ‚danke' nicht reicht. Die Gagen für deine Damen und dich und die Miete sind bereits überwiesen." Geraldine grinste zufrieden.

2. Szenario: Kriminelle

„Von wegen draußen", maulte Petra, „das hier ist genauso Kulisse wie unser Puff." Eike winkte ab. „Das hier ist Kulisse. Euer – oder dein ehemaliger – Puff ist ein Originaldrehort."

Klappe.

Carmen schreitet bei Nacht über einen von Funzeln spärlich erleuchteten Bürgersteig. Sie bleibt stehen, um sich zu orientieren. Dann sieht sie ihr Ziel.

Carmen: „Holledolle."

Mann: „Haiho."

Carmen: Okay, Sie sind der Richtige. Haben Sie den Stoff?

Mann: Sicher. Und Sie das Geld?

Carmen *holt einen dicken Briefumschlag aus ihrer voluminösen Handtasche*: Zehntausend wie ausgemacht.

Mann *holt ein Paket aus seinem Rucksack*: Und hier die Beute.

Beide *reichen sich gegenseitig ihre Tauschobjekte.*

Carmen: Wollen Sie nicht nachzählen?

Mann: Nicht nötig.

Er holt eine Trillerpfeife aus der Tasche und betätigt sie schrill.

Carmen: Scheiße!

Sie versucht zu fliehen. Da das Paket nicht in ihre Handtasche passt, versucht sie es dadurch zu retten, dass sie es an ihre Hüfte presst. Rasch stellt sich allerdings heraus, dass sie in dieser unbequemen Haltung nicht schaffen wird, den herannahenden Polizisten zu entfliehen. Nach wenigen Minuten lässt sie den Drogenkarton im Stich.

Klappe.

„Mein lieber Mann", lobte Eike, „oder besser gesagt meine liebe Frau, deine Flucht über Simse und Dächer ist vom Feinsten. Meine anderen Schnepfen hätte dazu eine Akrobatin als Double gefordert." Petra wurde ob des Lobes rot. „Ich kraxele ganz gern in den Bergen herum." Eike grinste. „Und ich dachte schon, du hättest ein Stück deines eigenen Lebens gespielt." „Na hör' mal! Wenn du so weiter machst, wirst du erkennen, dass auch ein weltberühmter Regisseur nicht gegen Backpfeifen immun ist." Eike lachte laut und dröhnend. „Und du wirst erkennen, warum ich so auf dich stehe.

Jetzt aber zur nächsten Szene: Du vor Moralès' Tribunal." Petra seufzte. „Die nächste, in deren Ablauf ich den Arsch vollkriege."

Klappe.

Petra steht mit Armsündermiene vor Moralès' mächtigem Schreibtisch.

Moralès: Du Versagerin, du!

Carmen: Tut mir leid.

Moralès: Da hab' ich gerade 'was von. Das Paket enthielt Haschisch im Wert von einer knappen Million und du schmeißt es einfach weg.

Carmen: Sonst wäre ich nicht hier. Außerdem kann ich mir nicht vorstellen, dass da kein Seifenpulver drin war. Ich wurde observiert und frage mich, wer die Bullen auf meine Spur gebracht hat.

Moralès *erhebt sich, umrundet den Schreibtisch und gibt Carmen eine Ohrfeige*: Auch noch frech werden! Die war für deine infame Verdächtigung.

Carmen *schlägt zurück*: Du Scheißkerl!

Moralès *hält sich die Wange*: Das wirst du büßen! *Laut.* Georgio! Claudio! *Georgio und Claudio betreten Moralès' Büro. Packt sie und drückt sie auf den Schreibtisch. Die beiden tun wie ihnen geheißen. Carmen wehrt sich Kräften, ist aber gegen die beiden Kolosse chancenlos. Moralès zieht Carmen die Hose und den Slip hinunter und schnallt sich den Ledergürtel ab. Er bildet damit eine Schnalle.*

Moralès: So, du Miststück. Jetzt wirst du lernen, deinem Herrn und Meister keine Widerworte mehr zu geben.

Moralès schlägt einige Male auf Carmens bloßen Hintern, dass die sich bildenden roten Striemen deutlich zu erkennen sind. Abwechselnd schwenkt die Kamera auf den Po und Carmens Gesicht, das die Zähne zeigt und sich bei jedem Schlag verzieht. Außer keuchen gibt sie nichts von sich.

Moralès: Schreist du immer noch nicht? Dann werde ich die Dosis erhöhen.

Er schlägt fester zu. Carmens Keuchen wird heftiger, aber sie schreit und weint nicht. Ihr Po ist jetzt dunkelrot.

Moralès *lässt ab und keucht seinerseits*: So, du Heldin, dann ziehe ich andere Saiten auf. Georgio, Claudio! Nehmt sie und nudelt sie durch, dass sie nicht mehr weiß, dass sie einen Unterleib hat.

Während der Vergewaltigung wird nur Carmens Mienenspiel gezeigt, das sich allmählich von Empörung und Scham zu grimmiger Entschlossenheit und Hass wandelt. Klappe.

Petra rieb heftig ihr gepeinigtes Hinterteil. „Was kommt noch? Rohrstock und Peitsche?" „Nein, Petra", gab sich Eike zerknirscht. „Der Ledergürtel war das Härteste und die Szene ist im Kasten. Es kommen neben flacher Hand nur noch Haarbürste und Lineal.

Jetzt darfst du aber erstmal ballern, nachdem du dich mit Moralès ausgesöhnt hast und mit ihm abgemacht hast, dass du dich für den Kampfeinsatz ausbilden lassen möchtest. Dein Mienenspiel zeigte die perfekte Wandlung von der Angst zur Tatkraft und jedem Zuschauer schwant, dass du Wilderes im Schilde führst als du Moralès vorsäuselst.

Klappe.

Carmen liegt im Schießstand, die Waffe im Anschlag.

Ausbilder: Du hast ja echtes Talent, Carmen.

Carmen: Weißt du nicht, dass Frauen im Allgemeinen einen viel besseren Sinn für Proportionen, Bewegungsabläufe und räumliches Sehen als Männer haben?

Ausbilder: So? Vielleicht können sie sich besser ausdrücken. So viele tolle Wörter hätte ich nicht gewusst. Andererseits: Wenn ich dich so ansehe, bin ich beinahe geneigt, dir zu glauben.

Wie dem auch sei: Morgen ist Abschlusstraining und dann bist du als Kampfsau entlassen. Vorher ballerst du noch einmal mit allem los, was Küche und Keller hergeben: Pistole, Revolver, Jagdgewehr, Maschinengewehr und Maschinenpistole. Los!

Die Kamera richtet sich auf die Zielscheibe. Jeder hörbare Schuss trifft ins Schwarze.

Klappe.

„So, Petra, jetzt folgt deine Rache an Moralès." „Und an Giorgio und Claudio." „Und an deinen Vergewaltigern, klar."

Klappe.

Wieder in Moralès' Büro. Er sitzt auf seinem Stuhl hinter dem Schreibtisch, während Carmen eintritt.

Moralès: Ah, Carmen, willkommen zurück. Und, erfolgreich?

Carmen: Ich denke. Hier mein Zeugnis.

Sie übergibt Moralès ein Stück Papier.

Moralès: Alle Achtung. Damit dürftest du in der obersten Liga der Säuberer landen.

Carmen: Du weißt doch, unter dem Besten tue ich's nicht. Rufst du Giorgio und Claudio?

Moralès: Warum das?

Carmen: So richtig grün sind wir uns nicht. Ich möchte Versöhnungssignale aussenden.

Moralès: Hört sich vernünftig an. *Laut.* Giorgio! Claudio! *Georgio und Claudio betreten Moralès' Büro.* Carmen möchte euch etwas sagen.

Carmen: Eigentlich euch allen Dreien. Kommst du vor, Moralès, und stellst dich neben deine Leibwächter?

Moralès: Gern.

Sie stehen in Reih' und Glied. Carmen entnimmt ihrer Handtasche blitzschnell eine Pistole und drückt drei Mal ab. Moralès, Giorgio und Claudio fallen mit einem Loch in der Stirn zu Boden, ohne begriffen zu haben, was ihnen geschah. Carmen baut sich hinter Moralès' ehemaligem Schreibtisch auf und zieht an einem Band, das lautes Glockengeläut auslöst.

Nach und nach füllt sich der Raum mit Mafiosi, die entsetzt auf die drei Leichen starren.

Carmen: Ich glaube, groß zu diskutieren brauchen wir nicht. Eure Chefin heißt ab jetzt Carmen. Oder hat jemand vor, anderer Meinung zu sein?

Schweigen.

Klappe.

„Das hat gut getan, einmal obenauf zu schwimmen." „Ich gönn's dir, Petra. Bis jetzt hast du ebenso oft Prügel bezogen wie in deinem alten Job auch. Leider steigert sich's am Schluss wieder, aber zunächst bleibst du oben beziehungsweise kletterst eine weitere Stufe höher.

Klappe.

Carmen sitzt an ihrem Schreibtisch, der vormals Moralès gehörte. Antonio betritt das Büro.

Antonio: Hoher Besuch, Chefin.

Carmen: Der Präsident, der eine Unterschrift braucht?

Antonio *lacht*: Nein, ganz so hoch nicht. Der Juniorchef der Miskatonic-Werke.

Carmen: Was will der denn?

Antonio: Das sagte er nicht. Er sagte aber, dass es für beide wichtig sei.

Carmen: Da bin ich gespannt. Führ' ihn 'rein.

Antonio verlässt das Büro und ein junger Mann betritt es.

Gerhard: Guten Morgen Frau Generalsekretärin. Ich bin Gerhard Wildmann, der Sohn von Alois Wildmann, der bekanntlich die Miskatonic-Werke leitet.

Carmen: Beruf Sohn, wenn ich richtig verstehe.

Gerhard *lacht gekünstelt*: Noch.

Carmen: Wie soll ich das verstehen? Sie dürfen übrigens Platz nehmen.

Gerhard *nimmt Platz und räuspert sich*: Sie müssen wissen, dass mein Vater ein Patriarch der alten Schule ist. Er bestimmt, wo's lang geht und niemand sonst. Auch sein Sohn... *er deutet auf sich* ...nicht. Nun waren seine Pläne und Ideen vor 30 Jahren goldrichtig, was der Erfolg des Konzerns bei der Produktion von Horror-accessoirs beweist. Seit einigen Jahren hat er sich verrannt und will von Neuem nichts wissen. Er hat die Digitalisierung verpennt und wir arbeiten nach wie vor analog und damit ineffizient und zu teuer. Sie sind die Erste, die's erfährt: Die Miskatonic-Werke stehen vor der Insolvenz und nur ein sofortiges Herumreißen des Ruders kann sie retten.

Carmen: Und was habe ich damit zu tun?

Gerhard: Mein Vater muss weg – wenn Sie verstehen, was ich meine. Und es muss unverdächtig aussehen. Ein Unfall...; wenn Sie verstehen, was ich meine.

Carmen: Die harmlose Tussi, die vor Ihnen sitzt, versteht nichts. Ein Mafiaboss verstünde vermutlich, was Sie meinen. Und der Mafiaboss eröffnet Ihnen, dass das teuer werden wird.

Gerhard: Das hatte ich befürchtet. Das Dumme ist, dass wir unser Geld zusammenhalten müssen. Andererseits hat der Laden beträchtliche Werte auf seiner Aktivseite, von denen der Noch-Juniorchef dem Mafiaboss einiges anbieten würde.

Carmen: Wieviel?

Gerhard: Zehn Prozent.

Carmen *lacht lauthals heraus*: Auf Almosen kann ich verzichten. Die Hälfte, nicht mehr und nicht weniger.

Gerhard: Dass ich meine Macht nicht vollkommen aus der Hand geben will, sollte Ihnen klar sein. 20 Prozent.

Carmen: 33⅓.

Gerhard *wiegt den Kopf hin und her*: Okay, einverstanden. Übrigens sind Sie sehr attraktiv.

Carmen: Süßholzraspeln erst nach dem Geschäft. Das einzige, was ich Ihnen bereits jetzt anbiete, ist mein Vorname. Ich heiße Carmen.

Gerhard: Ich bin Gerhard.

Er und Carmen erheben sich, Gerhard tritt zum Schreibtisch und beide reichen sich die Hände.

Carmen *und* Gerhard *gemeinsam*: Auf gute Zusammenarbeit.

Klappe.

„Jetzt einen perfekten Unfall mit Todesfolge abdrehen und Carmen hat freie Bahn." Eike wirkte zufrieden. „Und dann…?" fragte Petra. „Dann süßholzraspeln, wie du so schön sagtest. Das stand so übrigens nicht im Drehbuch." „Lass' mich doch ab und zu improvisieren. Das Wort ist fürchterlich altmodisch, aber ich finde es herrlich. Es entspricht dem englischen ‚make nice'." „Erschreck' deine Kollegen nicht, Petra. Denk' dran: Im Showbusiness ist Bildung eher störend als hilfreich. Ich denke allerdings, dass nach Kinostart ‚süßholzraspeln' wieder in aller Munde ist."

3. Szenario: Herrin

Klappe.

Drei Mafiosi sitzen an einem runden Tisch beisammen.

1. Mafioso: Das Weib muss weg!

2. Mafioso: Und zwar schleunigst!

3. Mafioso: Und elegant.

1. Mafioso: Was verstehst du darunter?

3. Mafioso: Na, aseptisch. Das heißt mit einem gekonnt gegossenen Betonsockel an den Füßen im Hafenbecken.
2. Mafioso: Das wäre aber nicht sehr kavaliermäßig.
3. Mafioso: Normalerweise benehmen wir uns gegenüber Frauen vorbildlich. Aber eine Furie, die unseren geliebten Moralès einfach umnietet....
2. Mafioso: Na, so geliebt war er nun auch wieder nicht.
3. Mafioso: Mir ist klar, dass du sie vorher ficken willst.
1. Mafioso: Dann machen wir es so: Wir alle ficken sie und sie kriegt nochmal den Arsch voll. Wenn sie weiter kein Geschrei veranstaltet, darf sie sich unter dem heiligen Versprechen davonmachen, dass sie sich nie wieder hier blicken lässt.
3. Mafioso: Wer garantiert uns, dass sie uns nicht an die Bullen verrät?
1. Mafioso: Wir werden ihr nachhaltig klarmachen, dass das sehr ungesund wäre. Es käme dann doch noch zu der Kur im Hafenbecken mit Betonsandalen an den Füßen.
2. Okay, machen wir's so. Das Aas ist wirklich teuflisch geil. Mein Schwanz freut sich schon. Sie kriegt aber vor dem Ficken den Arsch voll. Dann ist der schön warm.
Eine andere Frage: Wer wird ihr Nachfolger?
3. Mafioso: Na, ich natürlich!
1. Mafioso: Spinnst du? Niemand anderer als ich kommt dafür in Frage.

Der zweite Mafioso antwortet gar nicht, sondern versetzt dem ersten einen Kinnhaken, dass dieser mit einem Stöhnen zu Boden sinkt. Mafioso 2 und 3 beginnen sich kräftig zu prügeln.
Klappe.

„Willst du dem Film nicht lieber den Titel ‚Fick & Spank' verpassen, Eike? Der käme der Wahrheit näher", fragte Petra provozierend. „Ich fände ‚Fick & Fertig' besser", schlug Waldemar vor, der vor der Kamera den Gerhard Wildmann verkörperte. „Ihr nehmt das nicht richtig ernst. Das wird schließlich kein Porno, sondern ernsthafte und ehrenwerte Kunst." „...für ein Publikum, das Bildung als störend empfindet, ich weiß." Petra sammelte eifrig unbedacht ausgestoßene Sätze für ihre Zitatenkollektion.

Dann gab sie ein stöhnendes Geräusch von sich, aber weder vor Lust noch vor Schmerzen. „Um Himmels Willen, schon wieder Kaffee." „Ich sagte doch, ein Liter pro Stunde ist angemessen." „Ganz soweit kommt's zum Glück nicht. Wie geht's eigentlich weiter?"

„Von Drehbuchlesen hältst du nicht viel? Bei deiner Mafia bist du ausgebootet und du musst schauen, dass du irgendwo anders komfortabel unterkommst. Da fällt dir der Schnösel ein, der jetzt Chef der Miskatonic-Werke ist – und dass der dich geil..., äh, attraktiv fand. Zeit also zum..." „...Süßholzraspeln!" erhielt der große Regisseur im Chor zur Antwort.

Klappe.

Im Chefbüro der Miskatonic-Werke sitzt Gerhard auf dem Chefsessel. Carmen tritt ein. Sie hat ein kurzes, ärmelloses Kleid an, das neben den Beinen Brüste und Po aufreizend betont.

Carmen: Hallo, Gerhard.

Gerhard: Hallo Carmen. Schön, dich mal wiederzusehen. Vor allen Dingen.... *Er schaut Carmen genauer an.* Wie eine Mafiosa siehst du nicht aus.

Carmen: Das ist auch besser so. Sonst würden die Bullen mich ja sofort hopsnehmen. Es wäre mir auch lieber, dass du das vergisst.

Gerhard misstrauisch: Ist etwas vorgefallen?

Carman: Sagen wir so: Die Verhältnisse haben sich geändert. Nun bin ich ein wenig in Geldnot....

Gerhard: ...und willst mich ein wenig erpressen.

Carmen: So ein böses Wort! Ich glaube, wir haben uns nichts vorzuwerfen. Der Unterschied ist nur: Du sitzt bestens im Sattel und ich balanciere auf einem Seil über den Rheinfall.

Gerhard: Ich habe, glaube ich, genug gehört. Die Audienz ist beendet.

Carmen: Das sehe ich nicht so.

Gerhard: 'raus, sage ich.

Carmen: Um mich zu entfernen, musst du schon nach deinem Saalschutz klingeln. Und dann gibt es viel Geschrei.

Gerhard: Pah, das kann ich allein.

Er steht auf, umrundet den Schreibtisch und versucht Carmen zu ergreifen. Sie entwischt ihm geschickt. Es gibt eine kurze Verfolgungsjagd um den Schreibtisch, bis Gerhard die durch ihr enges Kleid gehandicapte Carmen zu packen kriegt. Nach einem kurzen Kampf, dem deutlich anzusehen ist, dass sich Carmen bei weitem nicht so heftig zu Wehr setzt, wie ihr möglich wäre, zieht Gerhard seine Gegnerin zur Sitzgruppe und lässt sich darauf fallen. Er hält sein Opfer in, wie er meint, eiserner Umklammerung, und drapiert es über seinen Schoß. Carmen hat die typische Spankingpose eingenommen: Mit Armen und Oberschenkeln stützt sie sich auf dem Boden ab, während ihr Po zur Züchtigung einlädt. Ihren Kopf hält Carmen waagerecht, während Gerhard mit der linken Hand ihre Hüfte fixiert.

Gerhard: So, meine Liebe, jetzt werden wir mal sehen, wer hier das Sagen hat.

Carmen: Wage es!

Gerhard: Ich wage es.

Gerhard beginnt rhythmisch und fest Carmens Backen zu bearbeiten. Zunächst zeigt das Opfer bei jedem Schlag die Zähne und gibt einen spitzen, aber nicht zu lauten Schrei von sich. Nach einer Weile beruhigt Carmen sich.

Gerhard: Ah, du scheinst zu merken, wer dein Meister ist. *Er schiebt Carmens Rock hoch und ihr Höschen in die Kniekehlen. Dem Zuschauer präsentiert sich – nicht zum ersten Mal – ihr prächtiges Hinterteil, auf das es jetzt stakkato einprasselt. Und das! – Uund das! – Uuund das!*

Die Einstellung verharrt wenige Sekunden auf Carmens Po, der immer röter wird, und schwenkt dann auf ihr Gesicht. Längst zeigt es keine Zähne mehr, sondern ein triumphierendes Grinsen. Die Schläge sind zu vernehmen,

aber Carmen reagiert darauf lediglich mit einem kaum wahrnehmbaren Zucken.
Schnitt.
Die Kamera zeigt Carmens Gesicht von vorn, das sich auf ihre verschränkten Arme stützt. Weiter hinten ist verschwommen ein Körper bei rhythmischer Arbeit zu sehen. Carmens Gesicht strahlt noch größere Zufriedenheit als bei der vorausgegangenen Behandlung aus. Die ruckartigen Bewegungen ihres Kopfs nach vorn beweisen auch dem letzten Zweifler, dass sie männlichen Kolbenstößen ausgesetzt ist.
Schnitt.
Die ganze Szene seitlich. Gerhard zieht sich gerade die Hose hoch, während Carmen weiterhin gebückt, Kleid über die Hüfte geschoben und Höschen auf dem Boden, verharrt. Die dunkle Färbung ihres Pos ist deutlich erkennbar.
Carmen: Bist du schon fertig?
Gerhard *keuchend*: Was heißt schon? Hab' ich dich nicht lange genug durchgenudelt?
Carmen: Naja. *Sie bückt sich, um ihren Slip hochzuziehen. Dann erhebt sie sich und ihr Kleid fällt von selbst in eine ordnungsgemäße Position.* Ein paar Minuten mehr hätten mich nicht umgebracht. *Sie schaut Gerhard ins Gesicht.* Dann fangen wir mal an: Misshandlung einer Frau, Vergewaltigung... *Gerhard gibt Carmen eine Ohrfeige auf die linke Wange* ...und weitere Misshandlung. Was hast du zu deiner Verteidigung zu sagen? *Gerhard gibt Carmen eine zweite Ohrfeige auf ihre rechte Wange.* ...und dritte Misshandlung. Ich danke dir für die ausgewogene Gabenverteilung.
Gerhard *weiterhin keuchend*: Du Miststück!
Carmen: ...und Beleidigung. Wenn ich schnurstracks zur Polizei renne, sind alle Spuren vorzeigbar. Mein Arsch spricht Bände und meine Fresse zeigt beiderseits vier Fingerabdrücke.
Gerhard: Warum hast du dich nicht gewehrt, du Feigling?
Carmen *grinst*: Du glaubst doch nicht, dass ich meine asiatische Kampfsportmeisterschaft hier auspacke? Ein

Tritt und du bist deine Männlichkeit quitt und ein Handkantenschlag und du stehst so schnell nicht wieder auf oder gar nicht mehr. Dann wäre ich als die Wehrhafte ja schuld.

Gerhard: Du Biest! *Er hebt nochmals die Hand, besinnt sich aber eines Besseren und lässt sie wieder sinken.* Andererseits brauche ich einen Leibwächter. Wie wär's, wenn du mich heiratest?

Carmen: Eine tolle Liebeserklärung. Leider hast du Pech: Ich sage ja.

Klappe.

„Das hat mir an Petra bei unserer ersten Begegnung imponiert: Ihr perfektes Mienenspiel." Eike führte die Tasse zum Mund. „Ich hatte einem alten Klassenkameraden und Freund zuliebe zugesagt, für die Duesenberg Elektro AG einen Werbefilm zu drehen. Jetzt lach' nicht, Waldemar. Der Schuppen stellt neben Staubsaugern und Rasenmähern auch Spankingmaschinen her." Waldemar lachte trotzdem. „Langsam bin ich auf die Fortsetzung gespannt." „Naja, da brauchten wir ein ‚model', und das war unsere Petra hier. Ich hatte es schon Puffmutti Geraldine erzählt. In die Kamera zu lächeln und fehlerlos schmachtende Sprüche aufzusagen, während es auf ihren nackten Hintern einprasselt, hat mir imponiert. Bei der Szene mit dem Heiratsantrag ist Carmens Gesinnungswandel ohne weitere Erklärung erkennbar. Während sich die Schmerzen steigern, entsteht aus Scham und Empörung ein Plan, wie sie aus der Situation für sich den größten Vorteil herausschlagen kann. So perfekt macht ihr das keine andere mir bekannte Schauspielerin nach." „Oje, das darfst du aber nur in unserem innersten Zirkel laut sagen." „Darauf kannst du dich verlassen, Waldemar." „Eigentlich ist das mit dem Mienenspiel doppelt gemoppelt, Eike." „Wie meinst du das, Petra?" „Carmen lässt sich ja schon fangen und zu einem handlichen Bündel zusammenfalten, obwohl ihr mit ihren Fähigkeiten eine Flucht mühelos gelänge." „Ach, Petra, vergiss nicht die dichterische Freiheit."

Waldemar wandte sich an seine Kollegin. „Du bist ganz schön abgebrüht." „Das war mein Beruf. Der war sicher eine härtere Schule als sich meine wohlbehütet aufgewachsenen Konkurrentinnen vorstellen können." „Auch wenn sie im Drehbuch standen: Ich entschuldige mich für die Backpfeifen. Ein bisschen knallen mussten leider auch die." Petra lachte. „Für das Arschversohlen nicht?" Waldemar wand sich. „Auch dafür. Weißt du, spanken ist nicht unbedingt ein Verstoß gegen die Menschenwürde. Schläge ins Gesicht sind jedoch nicht entschuldbar." „Außer vor der Kamera. Zier' dich nicht, Waldemar. Du darfst ruhig zugeben, dass dir der Popoklatsch Spaß gemacht hat." „Naja…."

Eike hatte seine Kaffeetasse geleert. „Ich glaube, wir machen morgen weiter. Es gibt einige ,Szenen einer Ehe', aus denen hervorgeht, dass es sich beileibe um keine glückliche handelt, dann eine Pseudoversöhnung und dann den Showdown am Creux du Van. Waldemar, morgen ist dein großer Tag für Mienenspiel. Denn es muss klar herauskommen, dass du vorhast, deine Frau auf unverdächtige Weise zu beseitigen, während du, äh…" „…süßholzraspelst?" „Genau. Und dafür ist eine Wanderung in den Bergen wie geschaffen."

„Hältst du wirklich für realistisch, dass eine Abgebrühte wie Carmen bis zum Augenblick des versuchten Anschlags völlig arglos bleibt, Eike?" „Du hast Recht, Petra, hier lauert ein Fallstrick. Ich hatte mit dem Drehbuchautor besprochen, ob wir beide mit finsteren Absichten losmarschieren lassen, aber dann wäre von vornherein klar, dass Kampfsportlerin Carmen als Siegerin aus dem Kräftemessen hervorgeht, denn Gerhard ist eher als Weichei konzipiert. Dank des Überraschungseffekts hat er eine glaubwürdige Chance.

Versuchen wir es so realistisch wie möglich. Ich werde dem herrlichen Kessel im Kanton Neuchâtel Schwenks von etliche Minuten Dauer widmen und auch euch bei eurer vorgeblich friedlichen Wanderung langen Sequenzen aussetzen. Ihr seid beide bei schönem Wetter in kurzen Hosen unterwegs, damit die Zuschauer endlich in den ausgiebigen

Genuss von Petras fantastischen Beinen kommen." „Was ist mit meinen fantastischen Beinen?" Eike bedachte Waldemars Einwurf mit einem abfälligen Grunzlaut. „Von denen haben die Zuschauerinnen 'was", lachte Petra. „War mein Eheanbahnungs-fick-mich-Kleid denn nicht kurz genug, Eike?" „Da waren meistens die Schenkel ange-schnitten und wenn nicht, lenkte viel zu viel Gezappel vom Wesentlichen ab."

Klappe.

Die Kamera schwenkt über den hufeisenförmigen Felsen-kessel des Creux du Van, der ungefähr einen Kilometer lichte Weite misst. Die Wände fallen 200 Meter senkrecht ab. Der Rundwanderweg führt teilweise in unmittelbarer Nähe des Abbruchs entlang. Carmen und Gerhard haben die Ferme Robert hinter sich gelassen und stapfen ziel-strebig auf die Krete zu, die auf 1.420 Metern über Normal Null liegt. Der exponierteste Punkt ist Le Soliat mit 1.463 Metern. Vom Startpunkt, dem Bahnhof von Noiraigue, wären dann 734 Höhenmeter geschafft.

Carmen: Warst du hier schon einmal?

Gerhard *mit umgehängter Kamera*: Ja, aber da hatte ich den Fehler gemacht, zu spät loszulaufen. Im Morgen-licht den Ostrand hoch, mittags eine Rast auf dem Scheitelpunkt und am frühen Nachmittag den Westrand wieder 'runter ist genau richtig. Da hast du die Sonne praktisch immer im Rücken.

Die Kamera schwenkt auf Carmens Schenkel, an deren gleichmäßigem Gehrhythmus vorbei sie immer wieder neue Ausblicke auf die Naturschönheiten der Umgebung einfängt. Der Wanderweg führt an einer Picknickbank vorbei, hinter der der Sentier du Single, ein steiler, fels-durchsetzter Wurzelpfad seinen Anfang nimmt.

Gerhard. Warte mal, das muss ich unbedingt aufnehmen.

Carmen: Ich geh' beiseite.

Gerhard: Nein, du bist der Vordergrund. Stell' dich unmit-telbar an die Kante.

Carmen tut wie ihr geheißen. Einige Sekunden verweilt die Kamera auf dem Bild der langbeinigen Frau vor dem Felskessel, das angeblich Gerhards Motiv werden soll. Dann schwenkt die Kamera in die Totale und zeigt, wie Gerhard schnellen Schrittes mit vorgestreckten Armen auf Carmen zuläuft, um sie in den Abgrund zu schubsen. Es ist ein Schritt zu viel nötig, den Gerhard zurücklegen muss, denn Carmen erkennt seine Absicht und wirft sich zu Boden. Gerhard gelingt es nicht mehr zu bremsen; er stolpert über den liegenden weiblichen Körper und gerät zur Hälfte über die Abbruchkante hinaus.

Gerhard *von unten*: Aaah! *Carmen hat sich halb aufgerichtet. Die Kamera schwenkt auf ihr hasserfülltes Gesicht. Sie packt den Rest ihres Möchtegern-Mörders und wuchtet ihn dem Oberkörper in den Abgrund hinterher. Gerhard verschwindet aus dem Blickfeld. Aaaaah…*
Die Stimme entfernt sich immer weiter und verstummt. Carmen richtet sich keuchend auf.

Carmen: Scheißkerl! Schade nur um die teure Kamera. *Sie kramt ihr Smartphone hervor und wählt die Nummer 1414.* Garde Aérienne Suisse de Sauvetage? Je suis en le Creux du Van, Sentier du Single. Mon mari a fait une chute. Aidez-moi, s'il vous plaîte.
Klappe.

Petra, Waldemar und Eike sahen sich die vom Hubschrauber aus aufgenommene abstürzende Puppe an, die an der Wand entlang dem harten Felsenboden entgegenstrebt. Schließlich schlägt sie auf und wirbelt ein wenig Staub auf. „Bis ich die Drehgenehmigung hatte", stöhnte Eike in Erinnerung an den behördlichen Marathonlauf. „Was Naturschutz angeht sind die Schweizer noch pingeliger als wir hier in Deutschland, obwohl ich das nicht für möglich gehalten hätte." „Und das alles in Französisch", gluckste Petra. „Du blöde Kuh hättest mir ja helfen können; dein Französisch ist zehn Mal besser als meins." „Aber Eike! Ich würde doch deine hoheitlichen Befugnisse nicht untergraben." Eike schnaubte. „Manchmal glaube ich, dass du deine häufigen Prügel zu Recht beziehst, Petra." „Die bezieht Carmen und nicht ich."

„Ist nicht mittlerweile Gleichberechtigung angesagt?" nörgelte Waldemar. Eike schnaubte nochmals. „Was willst du damit sagen?" „Wie ich's mir schon vorher dachte. Petras Beine sind in epischer Breite im Bild, während ich nach dem Schneiden von meinen höchstens drei Sekunden erhasche. Ist das gerecht?" „Und da soll einer sagen, Zicken wären ausschließlich weiblichen Geschlechts." „Gerecht fand ich", sagte Petra versöhnlich, „dass wir dank der Neuenburger Bürokratie schöne drei Wochen Urlaub hatten. Da konnten wir den Rundgang wenigstens in aller Ruhe vollenden." „Mit einer echten Kamera und keiner Attrappe." „Meint ihr, ich hätte so ein teures Teil 200 Meter in die Tiefe geschickt?" Eike erweckte den Eindruck, als wäre das tatsächlich von ihm erwartet worden. Waldemar lachte. „Manchmal lässt auch du dich ins Boxhorn jagen." „Wenigstens lachst du wieder." „Weißt du, so ernst hatte ich es mit meiner Kritik nicht gemeint. Peter hat zwei Naturwunder gleichzeitig perfekt in Szene gesetzt." „Zwei?" „Na, den krummen Creux du Van und Petras kerzengerade Beine. Ich gebe gern zu, dass es sich bei ihnen um ein Naturwunder handelt."

Als Eike Petras vor Verlegenheit gerötetes Gesicht betrachtete, war er wieder ganz der Alte. „Wie dem auch sei, Carmen: Du bist jetzt oben; du bist Chefin der Miskatonic-Werke."

4. Szenario: Hörige

Klappe.
In einer schwach besuchten Bar sitzt Petra allein am Tresen vor ihrem Bier. Die Plätze neben ihr sind frei. Da nähert sich ein Mann und setzt sich neben sie. Im Hintergrund läuft leise rührselige Musik.
Antonio: Ich darf doch?
Carmen: Ungern.

Antonio: Sei doch nicht so kratzbürstig. Was hab' ich alles für dich getan!

Carmen: Ich bin gespannt.

Der Bartender stellt ein Glas Bier vor Antonio. Offenbar ist dieser hier Stammgast.

Antonio: Dir deine früheren Kollegen vom Hals geschafft. Die sitzen die nächsten 15 Jahre. Ist das nichts?

Carmen: Ich denke, die drei Nobelpreisträger, die sich als meine Nachfolger aufgespielt haben, hätten sich über kurz oder lang selbst ihre Gräber geschaufelt, strohdoof wie die waren.

Antonio: Täusch' dich nicht. Vom Geschäft hatten sie keine Ahnung, aber Machtspielchen beherrschten sie und wie sie sich unauffällig verhalten auch. Ich musste die Bullen erst mit der Nase drauf stoßen.

Carmen: Und jetzt schmeißt du den Drogenhandel allein?

Antonio übersieht, dass an einem wenige Meter entfernten Tisch ein Mann allein sitzt, der nach außen hin vor seinem Bier vor sich hin träumt, in Wirklichkeit aber die Ohren spitzt.

Antonio: Ich bin ausgestiegen.

Carmen: Erzähl' mir nicht, dass du ordentlich arbeiten gehst.

Antonio: Es ist schwierig…

Carmen: …vor allem, wenn man wie du nichts kann.

Antonio *seufzt*: Die gut bezahlten Stellen waren eben alle schon vergeben. Aber im Ernst: Ich habe gehört, dass du das große Los gezogen hast.

Carmen *misstrauisch*: So? Und was hast du sonst noch gehört?

Antonio: Dass dein Mann, der Inhaber der Miskatonic-Werke, bei einer gemeinsamen Bergwanderung – gemeinsam mit dir – vom Weg abkam und sich 200 Meter tiefer auf einem Felsen wiederfand – leider nicht mehr am Stück.

Carmen: Sehr bedauerlich, in der Tat. Er hat sich trotz meiner ständigen Ermahnungen mehr aufs Fotografieren konzentriert als darauf, wo er hintritt.

Antonio: Besonders bedauerlich ist, dass du nunmehr diese Firma ganz allein am Hals hast.

Carmen: Wie wär's, wenn du zum Kern der Sache vorstießest?

Antonio: Ich erwähnte doch, dass ich Arbeit suche. Für einen Prokuristen in einem gut laufenden Betrieb könnte ich mich erwärmen.

Carmen *schweigt.*

Antonio: Nun?

Carmen: Lass' mich doch ein wenig nachdenken. In der Marketing-Abteilung haben wir derzeit eine Vakanz, allerdings nicht für einen Prokuristen. Naja, was nicht ist, kann noch werden. Wenn ich dir einen Vertrag als Gruppenchef zuschanze mit der Option, innerhalb eines Jahres zum Prokuristen aufzusteigen...?

Antonio: Müsste ich prüfen.

Carmen: Melde dich morgen um Zehn bei mir im Büro. Dann gehen wir die Sache durch.

Antonio: Okay.

Er zahlt, steht auf und wendet sich dem Ausgang zu. Carmen nickt dem Mann am Tisch zu. Dieser erhebt sich und folgt Antonio nach draußen.

Schnitt.

Carmen sitzt an Gerhards ehemaligem Schreibtisch in dessen ehemaligem Büro. Sie hat ein geschäftsmäßiges Kostüm an, dessen Rocksaum im Sitzen über die Knie gerutscht ist. Der Mann tritt ein, der in der vorigen Einstellung den einsamen Trinker vorgetäuscht hatte.

Don José: Ich muss dir leider eine bedauerliche Mitteilung machen, Frau Chefin.

Das Auffälligste an Don José ist seine sonore Stimme.

Carmen: So?

Don José: Unser frischgebackener Gruppenchef, Antonio....

Carmen: Was ist mit ihm?

Don José: Naja, als wir bei der für alle neuen Mitarbeiter vorgesehenen Besichtigung unserer Produktionsstrecke an den Farbbottichen vorbeikamen, rutschte er unglücklicherweise aus und geriet in Magenta – die Farbe, meine ich. Ich alarmierte sofort alle verfügbaren Rettungskräfte und wir holten ihn auch 'raus, aber ob der davonkommt, bezweifelt der zuständige Arzt.

Carmen: Sowas Ärgerliches! Jetzt wird uns die Berufsgenossenschaft aufs Dach steigen.

Don José: Zum Glück liegt unsere Unfallquote im Allgemeinen unter dem Durchschnitt, sodass die nach einigen eigenen Recherchen wahrscheinlich Ruhe geben wird.

Der Kerl war auch zu unvorsichtig. Im Nachhinein entdeckten wir, dass ein Schnürsenkel offen war.

Carmen: So ein Trottel.

Don José: Eben. Ich trage nur Slipper. Da kann so etwas nicht passieren.

Carmen: Den Rat hätten wir ihm vorher geben sollen. *Sie grinst.* Gut gemacht, José. Zeit für deine Belohnung. Und meine natürlich auch.

Don José: Hast du die Haarbürste?

Carmen: Die ist immer griffbereit.

Sie holt das Werkzeug aus ihrer Schreibtischschublade, steht auf, nähert sich Don José und drückt es ihm in die Hand. Don José setzt sich wie einst Gerhard auf die Sitzgruppe und Carmen drapiert sich über seinem Schoß. Don José schiebt den eleganten Rock bis zu ihrer Hüfte. Das Publikum sieht, dass der Po blank liegt. Don José verpasst mit der Haarbürste beiden Backen 20 kräftige Schläge im Wechsel, die Carmen mit einem seligen Lächeln quittiert. Dann hebt er die Arme und gibt Carmen frei. Ihr Hinterteil leuchtet wie eine auf ,halt' zeigende Ampel.

Carmen *erhebt sich und lässt ihren Rock fallen*: Danke, José. Meine tägliche Erfrischung brauche ich einfach.

Sie setzt sich auf Don Josés Schoß und beginnt ihn zu beschmusen.

Klappe.

„Dein seliges Lächeln ist unschlagbar, Petra", lobte Eike, „das ist uns schon damals bei dem Werbefilm für die Duesenberg Elektro AG nicht entgangen. Manchmal glaube ich fast, dass du das Spanking tatsächlich genießst."

„Sagen wir so: Wenn es genau richtig kräftig geschieht, prickelt es durchaus angenehm. Und Reinhard versteht's."

Reinhard, der den Don José spielte, wurde rot. „Danke für die Blumen. Es ist aber nicht so, dass ich da stolz drauf bin."

„Wie dem auch sei", beendete Eike die sich anbahnende Diskussion, „es ist klar erkennbar, dass Don José nach und nach das Heft der Miskatonic-Werke in seine Hand nimmt, weil Carmen ihm nicht widerstehen kann und ihm immer mehr hörig wird. Nicht zuletzt entgeht der Belegschaft immer weniger, was die beiden miteinander treiben und Carmen verliert mehr und mehr deren Respekt.

Sie erkennt das und gleichzeitig, dass es für sie nur einen Ausweg gibt, will sie die Herrschaft über ihr eigenes Leben und die Miskatonic-Werke zurückerlangen. Außerdem erkennt sie, dass sie diesmal ihre Arbeit allein tun muss."

Klappe.

Die Kamera zeigt eine Treibjagd. Ungefähr zehn in Grün gewandte Waidmänner und -frauen galoppieren auf Pferden über Stock und Stein. Nach und nach werden zwei der Reiter näher herangezoomt. Sie erweisen sich als Carmen und Don José.

Nach einer Weile konzentrieren sich die Bemühungen der Gesellschaft auf ein Wäldchen. Alle steigen ab und schleichen durchs Unterholz.

Die Kamera gleitet hinter Carmen her, die ihr Gewehr geschultert hat. Nach einer Weile greift sie hinter sich und schnallt es ab. Vorn links nimmt der Zuschauer eine Bewegung wahr. Was mag es sein? Ein Hase? Ein Reh? Ein Wildschwein? Das Opfer kriecht auf allen Vieren vorwärts, erhebt sich aber kurz, um sich zu kratzen. Von schräg hinten wird klar, dass es sich um Don José handelt. Nun ist er durch das Zielfernrohr bildfüllend gezeichnet.

Carmen ist, wie seit Mafiazeiten bekannt, eine ausge-
zeichnete Schützin. Sie drückt ab und trifft Don José in den
Hinterkopf. Der hat nicht einmal mehr Muße zu einem
Stöhnen. Lautlos sackt er in sich zusammen.
Schnitt.
In der Jagdhütte ist die Gesellschaft versammelt und feiert
fröhlich ihre reiche Beute. Rebhühner, Rehe und Hasen
werden stolz vorgezeigt.

1. Jäger: Schade, dass keiner ein Wildschwein geschossen
   hat.
2. Jägerin: Das macht doch nichts! Wir haben auch so für
   Wochen genug zu essen.
3. Jäger: Dann sollten wir uns ans Abhäuten und Tranchie-
   ren machen.
4. Jägerin: Das Bier trinken wir aber vorher aus.
5. Jäger: Sicher, so eilig ist's auch wieder nicht.
6. Jägerin: Dann sollten aber alle da sein.
7. Jäger: Sind wir doch!
8. Jägerin: Und wo ist José? Carmen, ist dir nicht aufgefallen, dass dein Begleiter fehlt?

Carmen: Tatsächlich. Nein, ehrlich gesagt nicht; ich weiß
aber, dass er sich durch nichts ablenken lässt, wenn er
eine Spur verfolgt. Wahrscheinlich hat er die Zeit vergessen.

1. Jäger: Dann sollte er allmählich dran denken; es wird
   nämlich bald dunkel.
2. Jägerin: Vielleicht sollten wir ihn suchen. Im Dunkeln im
   Wald kann man leicht die Hachsen brechen. Weißt du,
   ob er eine Taschenlampe dabei hat, Carmen?

Carmen: Ich glaube nicht. *Gibt sich sorgenvoll.* Ich glaube,
ihr habt Recht. Wir sollten uns auf die Suche machen.

3. Jäger: Finde ich auch. Los, Leute!

Carmen: Wartet, ich versuche ihn zunächst per Handy zu
erreichen. *Sie navigiert eine Weile auf ihrem Smart-*
phone herum. Hm, nichts. Ich weiß allerdings nicht, ob
er das Teil überhaupt mitgenommen hat. Bei der Jagd
möchte er sich möglichst wenig belasten.

3. Jäger *wiederholt*: Los, Leute!

*Diesmal widerspricht niemand. Alle satteln erneut ihre
Pferde. Carmen lässt einen der Hunde an Don Josés
Taschentuch schnüffeln. Das Tier läuft kläffend los und veranlasst die ganze Meute, ihm schnellstmöglich zu folgen.
Dank des Hundes ist Don José bald gefunden.*

Carmen *wirft sich heulend und wild gestikulierend auf die
Leiche.* Oh Liebster! Wie konnte das passieren?

1. Jäger *sehr nachdenklich*: Ein Jagdunfall!
2. Jägerin: Wieso hat das keiner bemerkt?
3. Jäger *zuckt mit den Schultern*: So manche Schüsse verirren sich und landen irgendwo.
1. Jäger: Dennoch werden wir einer gründlichen polizeilichen Untersuchung nicht entgehen.

Klappe.

„Ganz schön finstere Bilanz, meine Carmen", sinnierte
Petra, „Moralès, Giorgio, Claudio und Don José eigenhändig umgenietet, Antonios Ableben aktiv befohlen...;
naja, das mit Gerhard hätte auch anders ausgehen
können. Nichtsdestoweniger skrupellos und ohne jedes
Bedauern." „Ganz stimmt's nicht, Petra, und du wüsstest
es, wenn du dir die Handlung psychologisch verinnerlicht
hättest." „Hab' ich, Eike, aber ganz zusammenpassen tut's
nicht. Einerseits war Carmen dem Kerl hörig, andererseits
murkst sie ihn kaltblütig ab." „Von hinten. Das haben wir –
das heißt der Drehbuchautor und ich – uns so zurechtgelegt, dass der Hinterkopf ein Neutrum, sozusagen ein
zu erlegendes Wild ist. Ihren Herrn von Angesicht zu Angesicht abzustechen hätte Carmen kaum fertiggebracht.

Dass sie der Verlust Don Josés aus der Bahn wirft, stellt
sich dennoch bald heraus. Sie widmet sich ihrer Trauer und
vernachlässigt das Geschäft, verzichtet auf Innovationen
und kümmert sich nicht mehr um Expansion. Vielleicht
– und das ist der Verdacht der Belegschaft – war sogar
Don José die treibende Kraft der Miskatonic-Werke und
Carmen nicht mehr als eine hübsche Marionette.

Zunächst bringen wir aber die Gerichtsszene in den Kasten,
die wie das Hornberger Schießen ausgeht. Mit einer Aus-

nahme haben alle Jägerinnen und Jäger Gewehre mit dem gleichen Kaliber, sodass absolut nicht feststellbar ist, wer den tödlichen Schuss abgab. Mehrmals ist Carmen versucht, ihre Schuld zuzugeben, aber ihr angeborener Selbsterhaltungstrieb hindert sie daran."

„Bei dem Gerichtsvollzieher, der meine Möbel wegbringen lässt, nachdem er bereits meine Villa gepfändet hat, werde ich mich anstrengen müssen, nicht zu lachen", bekannte Petra. „Aber Petra, das sollte doch für eine Schauspielerin ein leichtes sein." Petra grinste. „Für eine Nutte, meinst du. Ich habe so manches Mal an mich halten müssen, wenn sich der eine oder andere Kerl fürchterlich wichtig und großartig vorkam." „Umso besser. Denn nach deinem Entschluss, ins Kloster zu gehen, bist du wieder da, wo du angefangen hast – unten."

5. Szenario: Büßerin

Als Mitschwestern hatte Petra ihre früheren Kolleginnen zusammengetrommelt. „Danke, liebe Kolleginnen, dass ihr bereitwillig mitmacht, und auch dir danke, Geraldine, dass du für ein paar Filmaufnahmen euer ehrwürdiges Haus für zwei Tage schließt." „Sag' mal, Petra...." „Ja, Gianna?" „Fällt nicht auf, dass Bordell- und Klosterpersonal identisch ist?" „Das macht doch nichts. Im Abspann werden die Damen des Fleur-de-Lys-Hauses ausdrücklich als Mitwirkende in beiden Szenarien erwähnt.

Also Mädels, es handelt sich um den Flagellantenorden der heiligen Madonna, die Frauen als Nonnen aufnehmen, die in ihrem früheren Leben besonders arg gefehlt haben. Flagellantismus ist Spanking abzüglich Spaß, das heißt ausschließlich zur Sühne und Ehre Gottes. Bei dem Flagellantenorden gehört aus den genannten Gründen die tägliche Tracht Prügel zum Ablauf wie duschen und frühstücken – und natürlich beten. Ihr werdet euch folglich daran ergötzen dürfen, wie ich ein weiteres – ungezähltes – Mal den Arsch vollkriege.

Leider brauchen wir zwei von euch, die zum Exempel für die Novizin – mich – ebenfalls eine Züchtigung über sich ergehen lassen. Wer…?

Oh!" Alle hatten sich gemeldet. „Ich wollte gerade sagen, dass das natürlich freiwillig ist, wenn auch mit einem Bonus verbunden. Na gut, dann müssen wir losen."

Petra nahm Eikes Baseballkappe, ließ die Interessentinnen ihre Namen auf ein Stück Papier schreiben und in die umgedrehte Kappe werfen. Dann schloss sie die Augen, zog zwei Zettel und öffnete die Augen wieder. „Gianna und Toni. Okay."

Klappe.

Ein karger Raum, in dem sich einige Sportgeräte befinden, bestimmt die Szenerie. In der Mitte ist ein gepolsterter Bock ähnlich des klassischen ‚Kastens' beim Turnunterricht aufgebaut, vor dessen Schmalseite ein kleinerer, genauso gepolsterter für die Knie gerückt ist. Zehn Nonnen in schwarzer Tracht stehen in einer Ecke und etwas abseits die frisch in die gleiche Tracht gehüllte Carmen. Die Äbtissin steht, mit einem großflächigen Lineal in der Hand, vor dem Bockarrangement.

Äbtissin: Liebe Novizin, liebe Schwester Carmen. Du hast dich bewusst für unseren Orden entschieden, der büßen und Strafe empfangen in den Vordergrund stellt. Dir wurde erklärt, dass dein Hiersein nicht schmerzfrei ablaufen wird und du hast zugestimmt, denn deine Bedingungen, dass du unverletzt bleiben wirst, werden wir erfüllen – für dich und alle deine Mitschwestern. Damit du weißt, was auf dich zukommt, wirst du in dieser Sitzung erfahren, wie die tägliche Läuterung ablaufen wird. Zunächst bräuchte ich eine Freiwillige… *ein Arm hebt sich* …Toni, sehr gut! Hast du einen bestimmten Grund, dich zu melden?

Toni: Ich habe mir erlaubt, Frau Äbtissin, heute Morgen einen Apfel vom Baum zu pflücken und zu verzehren, ohne Gott dafür zu danken.

Äbtissin: Dann ist das eine Züchtigung wert. Einen Apfel zu pflücken ist nämlich nicht sündig. Tritt bitte vor.

Toni weiß, was sie zu tun hat. Sie schiebt ihren Stoffwust bis zur Hüfte in die Höhe, kniet auf dem niedrigen Bock und beugt sich über den hohen. Ihre Arme hängen seitlich herunter und ihr Po liegt blank. Das Gesicht hat sie Carmen zugewandt und lächelt ihr aufmunternd zu.

Äbtissin: Dass Frauen keine Hosen zu tragen haben, wurde dir ja bei der allgemeinen Einweisung erklärt, Schwester Carmen. *Zu Toni gewandt.* Es gibt die üblichen Zehn als Standardverfahren. *Zu Carmen gewandt.* Es sind die täglichen Zehn ohne weiteres Ritual vor dem Frühstück. Fehlt eine – sie verrichtet ihre Arbeit schlecht, schwatzt während der Arbeit oder vergisst ein Gebet – gibt es pro Vergehen auch Zehn, aber bei denen muss die Delinquentin mitzählen und sich für jeden Schlag bedanken. Tut sie das nicht, werden weitere Zehn aufgezählt. Klar?

Carmen: Klar, Frau Äbtissin.

Schnell färbt sich Tonis Po unter den Hieben des Lineals rosa. Toni keucht ein bisschen, lässt sich aber sonst nichts anmerken. Dann sind die Zehn durch.

Stimme aus dem Pulk der Schwarzgewandeten: Du wirst feststellen, dass du ‚ohne' bald nicht mehr auskommst, Carmen.

Äbtissin *mit eisigem Gesicht*: Wer war das? *Eine Hand hebt sich.* Ah, Gianna, wie nicht anders zu erwarten. Immerhin lernt Carmen gleich die Punizione-Variante kennen. Tritt bitte hervor, Gianna.

Toni hat sich zurück ins Glied begeben, während sich Gianna genauso zurechtlegt wie ihre Vorgängerin. Auch sie lächelt Carmen an.

Äbtissin: Bist du bereit, Gianna?

Gianna: Ja, Frau Äbtissin. *Der erste, heftige Schlag saust auf ihr Hinterteil nieder. Gianna zuckt zusammen.* Eins. Ich hab's verdient. Danke, Frau Äbtissin. *WACK!* Zwei. Ich hab's verdient. Danke, Frau Äbtissin. *WACK....*

Nach den Zehn erhebt sich Gianna und schreitet würdevoll zu den anderen Schwestern zurück. Dabei reibt sie sich den Po.

Äbtissin: Das ist auch nicht erlaubt. Eigentlich müsste ich…; lassen wir's für heute durchgehen. Bist du bereit, Schwester Carmen?

Carmen: Ich bin bereit, Frau Äbtissin.

Äbtissin: Dann nähere dich. Die Böcke sind extra gut gepolstert, damit die Delinquentin sich ganz auf ihre Züchtigung konzentriert. Der Mensch empfindet nämlich nur einen Schmerz, und wenn ein anderer ihn ablenkt, vermag er seine Erfrischung nicht mehr voll zu genießen. *Carmen liegt bereit.* Was noch zu sagen ist: Das hier ist der bekannte ‚Willkomm‘, der 50 Schläge umfasst.

Die Kamera zoomt auf Carmens Gesicht, das kreidebleich wird.

Carmen: Aber, Frau Äbtissin….

Äbtissin: Kein aber! Da musste jede durch und auch du wirst es aushalten. Danach werden dich die üblichen Zehn wie eine Salbung anmuten.

Während der Züchtigung bleibt die Kamera auf Carmens Gesicht gerichtet, die bei jedem Schlag schmerzhaft aufschreit und ihr Gesicht zu einer Grimasse verzieht. Tränen laufen in Strömen über ihr Gesicht. Ab und zu vergrößert die Kamera den Winkel und zeigt Carmens rechte Faust, die wild gegen den Bock trommelt. Nach Ende der Prozedur richtet sie sich auf Carmens Rückseite, die in Dunkelrosa erstrahlt. Erschöpft bleibt Carmen eine Weile liegen und keucht und stöhnt.

Äbtissin. Eigentlich musst du sofort aufspringen und dich bedanken. Das schafft nach dem Willkomm allerdings keine. Erhol‘ dich also, Schwester Carmen. Ab jetzt bist du zwar immer noch Novizin, aber als vollwertiges Mitglied in unseren Orden aufgenommen.

Klappe.

Gianna kicherte, als sie sah, dass sich Petra ausnahmsweise ein Kissen für die Kaffeepause besorgt hatte. „Lach‘

nicht, das war harter Tobak. Zum Glück war die Szene gleich perfekt im Kasten. Bis alles wieder abgekühlt ist, wird's eine Zeit lang dauern." „Entschuldige, Petra, das war ein Reflex. Ich habe mitgelitten. Meine Zehn waren ja zum Wegstecken." „Hast du denn meinen Job übernommen?" „Weitgehend. Ich hatte dich ja immer schon vertreten, wenn zwei Spankanforderungen für denselben Abend 'reinkamen.

'was anderes. Weißt du, was mich bei euch begeistert, Petra?" „Was?" „Wie respektvoll wir vom Filmteam behandelt werden. Ich dachte erst, sie verarschen uns, aber langsam glaube ich, sie meinen's ernst." „Das war mir auch aufgefallen, als ich bei Gerd und seiner Duesenberg Elektro AG antanzte. Mir ging's wie dir: Verarschen die mich? Nein, taten sie nicht. Ich denke, sie achten aus ihrem Inneren heraus die Menschenwürde." „Prima Kerle; wären doch alle so! Oder wissen sie gar nicht, dass wir eine Nuttentruppe sind?" „Sicher wissen sie das. Sie wissen auch, dass ich bis vor wenigen Wochen eine Nutte war. Viel geändert hat sich nicht. Schauspielerinnen eilt in der Öffentlichkeit auch nicht gerade der Ruf von Säulenheiligen voraus."

Gianna nickte. Dann senkte die Stimme, sodass sie an den nächsten Tischen nicht verstanden wurde. „Der Chef der Kameramänner…" …Peter?" „So heißt er, glaube ich. Man meint, er wäre ein Roboter. Ihm ist nichts anzumerken. Jeder Mann muss doch 'was empfinden, wenn Mädels hinten eingeheizt wird." „Gefällt er dir?" „Nach einer Weile habe ich gemerkt, dass er überhaupt kein Roboter ist. Sobald er sich hinter seinem Geschütz hervortraut, ist er total nett und charmant. Ich finde ihn süß." „Möglicherweise muss ich dich enttäuschen." Gianna starrte ihre Freundin entsetzt an. „Er ist doch nicht…?" „Stockschwul, jedenfalls nach Eikes Aussage. Allerdings hat er keinen Ehemann oder Freund oder sowas, ich hab' ihn mal gefragt. Vielleicht ist er nur verzweifelt schüchtern und glaubt, mit seinem Outing Schwierigkeiten zu entgehen. Ich glaube nicht, dass er der einzige ist, der sich als vorgeblicher Schwuler einen Schutzpanzer...." „Sagst du das nur zum Trost oder hältst du das für eine echte Option?" Petra grinste. „Du hast als Nutte gegenüber seriösen Frauen einen Vorteil: Du darfst in die Offensive gehen. In den gemieteten Klostermauern hier gibt es jede Menge abgelegene Mönchszellen. Denk' dir einen Vorwand aus, ihn in eine davon zu locken, und biete ihm deinen Arsch an. Und beliebig viele Gratisficks, wenn sich sein bestes Stück für dein unteres Loch – von der Bückstellung aus gesehen – entscheidet. Mach' ein bisschen Reklame, wie schön warm und eng und feucht...."

Eike klatschte in die Hände. „So, Kinder, wir sind auf der Zielgeraden. Bringen wir den Schlussakkord hinter uns und dann schauen wir uns an, was wir so geleistet haben."

Beim Aufstehen flüsterte Gianna Petra zu: „Das mit dem Gerd...?" „Vorerst ein Geheimnis. Ich werde es aber bei unserer internen Premiere lüften."

Klappe.
Carmen irrt stolpernd durch einen Wald. Um Abstand zu gewinnen, hat sie den Saum ihrer Kluft bis kurz unter das Becken hochgehoben und hält diese mit einer Hand in ihrer Position. Die Kamera schwenkt ab und zu gezielt auf die bloßen Beine der Nonne.

Carmen *spricht mit sich selbst. Immer wieder unterbricht angestrengtes Keuchen ihre Worte*: Scheißweib. 500 Hiebe, weil ich der Oberin zu widersprechen wagte. Mein Arsch hängt in Fetzen. Büßen und beten okay und auch eine tägliche Tracht Prügel; schließlich bin ich alles andere als ein Weidelamm. Aber die Bestrafungen ufern in Sadismus aus und das lass' ich mir nicht gefallen. Mal sehen, wann ich eine Straße erreiche. Da mach' ich auf Anhalterin, sobald ich meine, dass ein geiler Typ allein hinterm Steuer sitzt. Den kriege ich schon 'rum, mich vorerst bei sich aufzunehmen. Wenn Kerlen weibliches Fleisch auf dem Präsentierteller angeboten wird, vergessen sie jede Vorsicht.

Carmen tritt aus dem Wald und sieht auf einem Damm eine Straße. Sie lässt den Stoff fallen und schreitet würdevoll auf den Damm zu. In diesem Augenblick fährt ein Auto vor und hält. Drei Männer steigen aus, die sich als alte Bekannte entpuppen.

1. Mafioso: Richtig gerechnet! Da vorn ist sie.
2. Mafioso: Der Tag der Rache ist gekommen.
3. Mafioso: Aber erst wird sie nochmal 'rangenommen.
1. Mafioso: Kommt drauf an, wie sie sich verhält.

Carmen *nimmt die Männer wahr und erkennt sie. Zögernd geht sie ihnen weiter entgegen, da sie zur Flucht keine Chance sieht*: Hallo, könnt ihr mir helfen?

2. Mafioso: Erkennst du uns nicht, Carmen?

Carmen: Natürlich erkenne ich euch. Ich dachte, ihr sitzt.

3. Mafioso: Ein Lob auf den deutschen Strafvollzug. Eine Zeit lang ein bisschen gut benehmen und schon waren wir wegen guter Führung wieder draußen.

Carmen: Dann gratuliere ich euch. Wie wär's, wenn wir unsere alte Freundschaft erneuern?

Sie hat sich mittlerweile den Mafiosi auf Armeslänge genähert. Diese lachen höhnisch.

1. Mafioso: Komische Freundschaft.

Carmen sieht, dass alle Drei die rechte Hand in Richtung ihrer Hosentaschen bewegen, in denen sich, wie sie weiß, Halfter befinden. Als Reaktion tut sie etwas Überraschendes: Sie bückt sich, ergreift den Saum ihres Habits, entledigt sich dessen mittels eines eleganten Schwungs und wirft ihn dem ersten Mafiosi über den Kopf. Mit Ausnahme der Schuhe steht sie nun splitternackt vor ihren Feinden, die verblüfft wie Salzsäulen verharren. Diese Verblüffung nutzt Carmen, um dem zweiten in seine Genitalien zu treten und den dritten mit einem Faustschlag ein K.O. zu verpassen. Der erste hat sich mittlerweile von Carmens Kleidungsstück befreit und eine Pistole gezogen, die er anlegt. Bevor Carmen sich ihm zu widmen Zeit findet, drückt er ab und trifft sie. Sie ist aber noch nicht vollständig außer Gefecht, ergreift die Hand mit der Pistole und versucht sie ihm zu entreißen. Ein Schuss löst sich und der

Mafioso sackt stöhnend in sich zusammen. Aber auch Carmen ist schwer verletzt. Sie schleppt sich einige Schritte beiseite und bricht dann zusammen. Sie bewegt sich ein wenig, um sich möglichst fotogen zu drapieren.

Die nur mit Schuhen bekleidete Carmen, deren makelloser Körper mit dem Grün der Wiese einen schönen Kontrast bildet, ist die Schlusssequenz des Films. Über dieses Motiv wird der Abspann laufen, der die Namen aller Beteiligten auflistet.

Letzte Klappe.

„Bin ich nicht eine malerische Leiche?" „Lebendig bist du mir lieber, Petra", knurrte Eike. „Freut mich. Könnte sein, dass du gleich anderer Meinung sein wirst. Ich will dir nämlich 'was sagen." „Willst du wieder klugscheißern?" „Ja, will ich. Der Schluss ist leider völlig unlogisch." „So?" „Erstens: Dass die drei Mafiosi, die ja ihrem Profil nach nicht zu den Hellsten gehören, wissen, dass Carmen im Kloster ist, wissen, in welchem, dass sie ausgebüxt ist und wo sie ans Tageslicht treten wird, heißt deren Kombinationsgabe ein bisschen überstrapazieren."

„Ach Petra", seufzte Eike, „ich erwähnte das mit der dichterischen Freiheit doch schon mal. Außerdem wiederhole ich, dass zu viel Intelligenz im Showbiz hinderlich ist. Wer Wörter wie ‚Kombinationsgabe' und ‚überstrapazieren' fehlerfrei ausgespuckt kriegt, läuft Gefahr, notgeschlachtet zu werden. Zweitens?"

„Ich fürchte, jetzt rückt meine Notschlachtung in bedrohliche Nähe. Zweitens murmelt Carmen im Wald vor sich, dass ihr Arsch in Fetzen hinge. Auf dem Stillleben im Gras erstrahlt er aber in jungfräulichem Weiß." Eike lachte dröhnend. „Klar ist das unlogisch. Wenn du jetzt nicht zugibst, dass das in deinem Sinn war, hau' ich ihn dir eigenhändig dunkelrot und dann drehen wir die Szene nochmal." Petras erwiderndes Lachen klang glockenhell. „Nein, nein, es ist schon gut so. Schade, dass ich kein Mann bin. Dann würde ich mich vom Fleck weg in mich verlieben."

Abspann

Die Postproduktion war abgeschlossen und alle Beteiligten trafen sich in den Aldebaran-Studios zum erstmaligen Beschnuppern des fertigen Werks.

„Willst du wirklich bei dem Untertitel ,Frei nach Georges Bizets Carmen' bleiben, Eike?" „Warum nicht, Petra? Eine klassische Grundlage ist immer gut." „Es sollte aber irgendwie erkennbar bleiben. John Carpenters ,Das Ding aus einer anderen Welt' wurde auch als Adaption zu H. P. Lovecrafts ,An den Bergen des Wahnsinns' verkauft, obwohl die Handlungen nichts miteinander zu tun haben; lediglich der Schauplatz – die Antarktis – stimmte überein." „Das haben ja auch höchstens Boulevardblätter behauptet. Die Verfilmung hatte John W. Campbells Roman ,Who Goes There?' als Basis.

Wollen wir erstmal sehen, wie sich unser Machwerk schlägt. Peter, lass' knacken."

Der Raum verdunkelte sich und die Leinwand begann zu flimmern. In eine ruhige Szene platzte Reinhard, der den Don José gespielt hatte, hinein: „Ob sich alle Petras Gesicht merken, sei dahingestellt; aber wie ihr Arsch aussieht, wird in Kürze die ganze Nation wissen." „Sag's gleich: Du bist neidisch", konterte Petra. „Wie sang einst Ulrich Roski", sinnierte Gerd Maier, Petras künftiger Ehemann, „,... ob es wohl gelingt, aus einem Hintern ein Gesicht zu machen, wenn man ihn gut schminkt'." „Es!" „Nein, ihn, den Hintern, nicht es, das Gesicht. Roski beherrschte die deutsche Sprache perfekt." „Wann hat's den denn gegeben?" „Von 1944 bis 2003. Aus ,Der kleine Mann im Ohr' von 1974 stammt mein Zitat." „Du liebes bisschen, das ist ja beinahe Archäologie."

„Sagt mal, Kinder", unterbrach Eike die aufbrandende Diskussion, „wollt ihr euch nicht auf unseren gemeinsamen Geniestreich konzentrieren? Sprachlich kann er mit Roski nicht mithalten, aber das ist für das moderne Publikum gerade gut. Zu kompliziert sollte es nicht sein und Popoklatsch zieht nun mal besser als der ausgefeilteste Dialog, vor allem heutzutage." Petra erhob sich und rieb demonstrativ ihre rückwärtigen Rundungen. „Stimmt. Er zieht deutlich besser."

Nachdem das Gelächter verstummt war, wurde endlich dem Film wieder die ihm gebührende Aufmerksamkeit geschenkt. Petras Trittsicherheit auf schmalen Pfaden verursachte neben ihren akrobatischen Einlagen ein Raunen, das in offenen Applaus umschlug, als sie sich in der Schlussklappe mit einem einzigen eleganten Schwung ihrer schweren, unhandlichen Nonnenkutte entledigte und innerhalb einer Sekunde blank dastand. „Boah, beste Akrobatik", „das wird die Szene des Jahres", „kein Oscar, aber Millioneneinnahmen" und „da kann keine Stripperin mithalten" schwirrten die bewundernden Kommentare durch den Raum.

Über den Abspann amüsierten sich Petras frühere Kolleginnen königlich: „Dank auch den Damen des Fleur-de-Lys-Hauses", kicherten sie. „Wenn der eine oder andere unserer Freier den Film sieht, wird er schon wissen, wer gemeint ist", merkte Geraldine trocken an.

Als das Deckenlicht aufleuchtete, begab sich Petra mit Gerd auf die Bühne und klatschte in die Hände, um Aufmerksamkeit zu erlangen. In Kürze trat Stille ein. „Liebe Freundinnen und Freunde", sagte sie, „keine Bange, ich will euch nicht mit einer stundenlangen Rede langweilen. Ich will euch nur eins mitteilen, was bisher kein Gerücht war, da ja..." Petra warf einen hypnotischen Blick auf die ‚Damen des Fleur-de-Lys-Hauses' „...vor allem gewisse Geschöpfe nicht die Spur von Neugierde plagt." Gelächter brandete auf, das Petra beendete, indem sie auf Gerd wies. „Ich stelle euch meinen künftigen Ehemann Gerd Maier vor, der ab nächster Woche zehn Uhr auf seinen ausdrücklichen Wunsch hin Gerd Molnow heißen wird. Dann ist nämlich unser Hochzeitstermin im Rathaus und Trauzeugen sind dankenswerterweise Geraldine und Eike. Und ihr seid hiermit alle herzlich eingeladen."

Gerd verbeugte sich, sagte „danke" und das künftige Ehepaar verließ unter tosendem Beifall die Bühne.

„Was ist denn dein nächstes Projekt?" fragte Petra, während Kaffee und Kuchen gereicht wurden. „Etwas völlig anderes", erwiderte Eike kauend. „Ist dir eigentlich an unserem Filmchen nichts aufgefallen?" „Übertrieben viel Spanking…?" „Ich meine technisch. Entgegen modernen Gepflogenheiten spart es jegliche Computeranimation aus. In ‚Louhis Rückkehr' geht's damit volle Kanne zur Sache." „Was ist das für ein Projekt?"

Eike vertilgte sein letztes Stück Schwarzwälder Kirschtorte und holte aus. „1840 veröffentlichte Elias Lönnrot sein Epos ‚Kalevala', möglicherweise das erste schriftliche Dokument in finnischer Sprache. Es handelt sich um drei Bände mit insgesamt 12.078 Strophen in achtsilbigen Vierhebern." „Du willst doch nicht…?" „Nein, nein, ich werde nicht das Original, sondern eine Comicadaption verfilmen." „Viel mehr weiß ich immer noch nicht." „Ein guter Zauberer namens Väinämöinen verspricht der habgierigen Hexe Louhi einen Sampo, das heißt eine Mühle, die aus dem Nichts Salz, Korn und Gold erschafft. Da sich Louhi weigert, ihren Reichtum mit anderen zu teilen, lässt Väinämöinen von seinem Bruder, dem Schmied Ilmarinen aus dem Kieferknochen eines Hechts eine Kantele, eine Art Harfe bauen, mit deren Hilfe ein Kampf gegen Louhi Aussicht auf Erfolg verspricht. Der Kampf geht unentschieden aus. Der Sampo wird zerstört und die Kantele versinkt in den Tiefen des Meeres."

„Das willst du dem Publikum zwei Stunden lang zumuten?" „Nein, sondern die Handlung des Comics. Da erfährt der Kapitalist Aku Annka von der Sage und versucht, den Sampo zu rekonstruieren. Das gelingt ihm dank magischer Kräfte und der Hilfe seines Neffen." „Hört sich nach ‚Reise zum Mittelpunkt der Erde' von Jules Verne oder ‚Laura oder Die Reise in den Kristall' von George Sand an. Auch in den beiden Romanen spannen fanatische Onkel ihre Neffen ein, um ein waghalsiges Ziel zu erreichen."

„Scheint eine stapazierfähige Konstellation zu sein. Hier ist es auch so. Ich verrate euch im Voraus, dass es dem Kapitalisten zwar gelingt, des neuen Sampo habhaft zu werden und die Goldproduktion aufzunehmen, er jedoch am Schluss das gewonnene Edelmetall wieder verliert und sogar ein bisschen geläutert wird.

Für das Projekt müssen jede Menge Tricks her: Hausgroße Frösche, eine Eishöhlen-Unterwelt, ein Knochenmann, ein fliegendes Schiff und vieles mehr, was das Herz des Fantasyfans höher schlagen lässt."

„Was sind achtsilbige Vierheber?" erkundigte sich Gerd.

„Verse mit acht Silben, von denen vier rhythmisch betont werden – die Heber oder Takte. Ich gebe euch ein Beispiel. Hör' gut hin, Petra, denn das werden deine Abgangsworte sein.

> **Un**wohl **blei**be **ich** am **Or**te
> **Un**wirsch **spie**le **ich** die **Wei**se
> **Un**gern **sa**ge **ich** die **Wor**te
> **Sitz'** vom **Hal**se **in** der **Schei**ße.

Ihr seht, jede Zeile hat acht Silben und vier davon sind akzentuiert." „Das steht wirklich in einem Kindercomic?" „Naja, das letzte Wort ist durch Kringel und Kreuze angedeutet.

Noch 'was, ihr Jünger der Dichtkunst. Es handelt sich um Kreuzverse, denn Zeile A reimt sich mit Zeile C und B mit D. Man könnte zwei vertauschen und es hieße:

> Unwohl bleibe ich am Orte
> Ungern sage ich die Worte
> Unwirsch spiele ich die Weise
> Sitz' vom Halse in der ♦♍︎♒︎♏︎♓︎♐︎←♍︎.

Dann handelt es sich um Paarverse, weil jeweils Zeile A und B und C und D korrelieren, das heißt Reimpaare bilden.

Das System der achtsilbigen Vierheber hat übrigens auch Henry Wadsworth Longfellow für seinen ‚Song of Hiawatha' verwendet."

„Und was hat das mit mir zu tun?" „Du wirst die hässliche Hexe Louhi spielen, Petra." „Super, dann brauch' ich nicht in die Schminke." „Von wegen. Wir müssen dich doch auf schön trimmen." „Du ahnst nicht, wie nah' du gerade an einer Ohrfeige vorbeigeschrammt bist." Eike stieß sein dröhnendes Lachen hervor, für das ihn alle liebten. „Doch, ich ahne es. Wie heißt es, Petra? Lieber beim besten Freund verhasst als einen guten Gag verpasst. Nimm's mir nicht krumm." „Auch ein achtsilbiger Vierheber, wenn ich alles richtig begriffen habe."

Als sich Petra gut gelaunt von ihren ehemaligen Kolleginnen verabschiedete, fiel ihr eine auf, die zehn Zentimeter über dem Boden schwebte. Petra brauchte nicht nach dem Grund zu fragen. Gianna hatte den süßen Peter erfolgreich überredet, ihr liebstes Loch mit Leben zu füllen.

Marion in der Höhle

Er

Ich heiße Wolfgang und bin ein Verlierer – ein loser, wie man auf Neudeutsch sagt. Nicht beruflich, da bin ich zwar auch kein Überflieger, schlage mich aber achtbar durch. Nein, was meinen Erfolg bei Frauen angeht, meine ich.

Vermutlich verpasste ich in dem Alter, in dem sich bei einem Mann etwas zu regen beginnt, wenn ihm enthülltes weibliches Fleisch oder verhüllte, aber unübersehbare weibliche Rundungen dargeboten werden, den rechtzeitigen Absprung wegen meiner unüberwindbaren Schüchternheit. Die überwand ich auch nicht, als ich hin und wieder zu einer Party eingeladen wurde und feststellte, dass bei Anwesenheit von sieben Mädchen und acht Jungs regelmäßig ein Junge leer ausging, nämlich ich.

Nach einer Weile fand ich immer Ausreden, an einer Party nicht teilnehmen zu können und nach einer weiteren Weile wurde ich auch zu keiner mehr eingeladen. Auf die Idee, selbst eine zu geben, wäre ich nie gekommen.

Immer wieder fällt mir auf, dass ich für junge Frauen offenbar unsichtbar bin. Ich trete an eine Bedientheke, aber die Verkäuferin lässt sich in ihrer Arbeit – aufräumen, sortieren, spülen – nicht stören. Während ich überlege, ob ich mich räuspern oder „entschuldigung" sagen soll, stellt sich ein zweiter Mann neben mich. Sofort schnellt die Frau hoch und fragt diesen, was er begehre. Meistens ist der Neuankömmling so zuvorkommend, auf mich zu deuten und „der Herr war vor mir da" zu sagen. Erst in diesem Augenblick nimmt mich die Verkäuferin wahr und fragt mich: „Ach so. Was möchten Sie?"

Mehrmals schon verließ ich ein Restaurant oder Café, ohne überhaupt eine Speisekarte in die Hand gedrückt bekommen zu haben. Die Kellnerinnen waren im Zentimeterabstand an mir vorbeigehuscht, ohne mich eines Blickes gewürdigt zu haben, und laut „hallo" zu rufen oder gar wie in der Schule den Arm aufzustrecken ist mir zu blöd.

Dabei ist es nicht so, dass ich introvertiert bin. Mit Männern ging und gehe ich zwanglos um und auch mit Frauen, sofern es sich um neutrale Themen handelt, deretwegen wir in Kontakt sind. Ich glaube nicht, dass je eine meiner Kolleginnen gespürt hat oder spürt, dass ich mit größten Problemen betreffend ihres Geschlechts kämpfte und kämpfe. Selbstverständlich würde ich niemals in irgendeiner Form gewalttätig werden, um zu erringen, wonach ich mich sehne.

Ich mache dadurch selbst alles schlimmer, als ich mich stets neutral gebe. Ich verzichte sogar auf Andeutungen während eines gemeinsamen Kaffees. Das dürfte der Grund sein, warum die eine oder andere, die ich aus Verzweiflung höflich anzugehen wage, aus allen Wolken fällt, wenn sie erfährt, dass ich scharf auf sie sei. „Das hätte ich wirklich nie vermutet…", lautet die Standardantwort. Als hätte sie in mir überhaupt keinen Mann gesehen.

Nachdem ich drei Kolleginnen ‚durch' hatte, gab ich diese Plattform auf, um mich nicht bei noch mehr unmöglich zu machen. Da ich nunmehr, mit Ende 20, noch nie…; ich hätte gar nicht unbedingt gewusst, was ich eigentlich mit einer anstellen sollte, sollte sie tatsächlich ‚ja' sagen. Das Ganze lief mehr und mehr auf die berühmte selbsterfüllende Prophezeiung hinaus. Da der innere Druck manchmal übermächtig wird, bleibt nicht aus, dass ich ab und zu selbst Hand an mich lege…; was soll man machen?!

Da ich auf keine Partys gehe und auch sonst kein Anmacher bin – womanizer, heißt das, glaube ich, auf Neudeutsch –, nützen mir auch Rockkonzerte oder Ausstellungen oder Fußballspiele – die heutzutage von erstaunlich vielen Frauen besucht werden – nichts. Hier und da ein belangloser Satz, dann „tschüss" und das war's. Ich bin mittlerweile so bescheiden geworden, dass selbst das mir das Gefühl gibt, eine ‚erobert' zu haben.

Meine letzte Misseroberung war Marion. Erst ließ sich die Sache recht gut an, aber nach einer Weile fing sie an, in meiner Gegenwart auf ihrem Smartphone herum zu navigieren. Deutlicher konnte sie nicht ausdrücken, dass meine Gegenwart sie langweilte. Ich schwieg und sie vertiefte sich immer mehr in ihr Display. Verzweifelt versuchte ich ein Gesprächsthema zu finden, mit dem ich ihre Aufmerksamkeit wiederzuerringen vermochte.

„Was machst du eigentlich beruflich?" fragte ich schließlich. Dümmer geht's wahrscheinlich nimmer. Immerhin hob Marion den Kopf um ein halbes Grad und sagte: „Höhlenwartin." Ich sah sie verwirrt an. Wollte sie mich verarschen? „Wirklich. Wir haben doch ein paar Kilometer entfernt die Grunge-Grotten. Die heißen so, weil ein Knilch namens Herbert Grunge sie einst entdeckt hat. Teilweise können sie besichtigt werden. Die zugelassenen Gänge sind beleuchtet und die Stalagmiten und Titten, äh -titen sind recht ansehnlich. Wir haben respektable Besucherzahlen.

Mist! Arschloch!" „Was ist?" „Das geht dich nichts an. Ich muss schnellstens weg, tut mir leid."

Ich sah sie verdattert an. War ich das Arschloch? Eher nicht, tröstete ich mich, sie hatte ja gerade auf ihr Display gestarrt. „Darf ich dir meine Handynummer geben?" Das war mein ultimativer Versuch, den Fußballabend zu retten. Beinahe war ich erstaunt, dass Marion zustimmte, wenn auch ohne Begeisterung. „Von mir aus. Diktier' sie mir, ich speichere sie ab. Wie heißt du?" „Wolfgang." „Okay, Wolfgang, leg' los."

Als ich ihren appetitlichen Hintern davonwogen sah, war ich sicher, von Marion nie wieder etwas zu hören. Auch sie hatte mir ihre Mobilnummer anvertraut, aber ich würde nie wagen, diese zu aktivieren. Oder sollte ich frech das Geld für ihr Bier zurückverlangen, auf dessen Zeche sie mich hatte sitzen lassen? Nein, sicher nicht.

Sie

Rochus ist wirklich ein Arschloch. Hat nichts Besseres im Sinn, als meine beste Freundin zu begatten und die nichts Besseres, als mir das triumphierend über whatsapp mit Bilddokumentation unterzujubeln. Und das, wo ich gerade mit einem vielversprechenden Typ am Tresen sitze, der endgültig eine Trennung von Rochus in strahlendem Licht erscheinen lässt.

Und was mache ich blöde Kuh?! Statt das Plastikscheiß-ding auszuschalten, die SIM-Karte 'rauszunehmen und draufzutreten, reagiere ich wie eine beleidigte Schnepfe und rausche davon, um die Sache geradezubiegen. Erst in der Straßenbahn beruhige ich mich und überlege, dass es eigentlich nichts mehr geradezubiegen gibt. Soll der Scheiß-Rochus doch nach Herzenslust die Büchse voll-spritzen, die bis vor wenigen Minuten meine beste Freundin war, und ich....

Als ich reumütig in die Bar zurückkehre, ist Wolfgang gegangen. Was habe ich auch erwartet? Ich habe den Eindruck, dass mich alle anstarren, und komme mir blöd wie selten vor. „Ich, äh...; ich habe, glaube ich, vorhin vergessen, mein Bier zu bezahlen." „Ist bezahlt, ihr, äh..., Freund hat die Rechnung beglichen." „Danke!" Ich beeile mich, Land zu gewinnen, denn der dumme Pickel auf mei-nen Schultern ist plötzlich ein Flammenmeer.

Ich spaziere im Dunkeln nach Hause. Vor irgendwelchen Finsterlingen habe ich keine Angst, denn gegen die ent-lüde sich mein Zorn auf mich selbst voll und sie könnten sich glücklich schätzen, mit ausgeschlagenen Zähnen davonzukommen. Ich meide helle Beleuchtung. Ich bin versucht, mich selbst zu ohrfeigen und mein Gesicht sieht wohl auch aus, als hätte ich das praktiziert.

Zu Hause – kein Finsterling hat sich getraut, mir dumm zu kommen – versenke ich den Kopf in meine verschränkten Arme und heule hemmungslos. Wohnte ich noch bei meiner Mutter, bäte ich sie, meinem verlängerten Rücken mit dem Kochlöffel kräftig Bescheid zu geben.

Das ist eine Idee! Ich gebe in einem einschlägigen Blättchen eine Chiffre-Anzeige auf, über die ich jemanden suche, der das übernimmt. Am besten eine Frau, die Ähnliches wie ich verbockt hat. Die haut wahrscheinlich hemmungslos drauf los....

Am allerbesten wäre, wenn sich Wolfgang selbst sich meldete. Aber das wäre ein Zufall, der hinter Lottomillionen rangiert. Mir fällt ein, dass mir Wolfgang so unbekannt gar nicht ist. Ein Kollege von mir geht nämlich ab und zu ebenfalls mit ihm zum Fußball und der weiß vielleicht, wo Wolfgang wohnt. Ich könnte ihm das mit dem Bier erzählen und ihm unter dem Vorwand, meine Schulden bezahlen zu müssen, die gewünschte Adresse abluchsen.

Ich habe ja auch Wolfgangs Handynummer und er meine. Sollte er anrufen, wären meine anderen Pläne hinfällig. Ich meine aber mit traumwandlerischer Sicherheit zu wissen, dass das nicht geschehen wird. Soll ich ihn anrufen und um Verzeihung bitten, dass ich ihn habe mein Bier bezahlen lassen? Das wäre ein unschlagbarer und unnötiger Liebestöter und meine Jungfernschaft brauche ich nicht mehr zu verteidigen.

Also der Kollege. Ich bin wieder absolute Herrin meiner Sinne und weiß, was zu tun ist. Das mit der Höhlenwartin sog ich mir nicht aus den Fingern und diesen Weg gilt es zu beschreiten. Es besteht nur ein Risiko.

Er

Ein an mich adressierter Gutschein für eine Exklusiv-Besichtigung der Grunge-Grotten? Die haben offenbar sehr nötig, um Kunden zu buhlen. Wenn sie allerdings jedem eine Besichtigung schenkten, sänken ihre Einnahmen eher gegen Null, statt sich nennenswert zu steigern.

Ich war drauf und dran, den Gutschein ins Altpapier zu befördern, als mich ein Gedanke innehalten ließ. Hatte nicht diese – Marion? – davon gesprochen, dort Wartin zu sein? Bedeutete das, dass sie auch Führungen leitete? „Blöde Kuh!" murmelte ich vor mich hin, aber eine blöde Kuh mit einem klasse Hinterteil; überhaupt war die Figur nicht schlecht, herrliche Wölbungen, wo sich ‚moderne' Frauen auf Flachbauweise umgestellt hatten. Vielleicht....

Blödsinn! sagte ich mir, Marion wirst du nie wieder sehen. Aber eine Chance.... Schließlich gewinnt ja jeder 14millionste Lottospieler eine Million. Der Skeptiker in mir meldete sich wieder. Bisher hat dir noch jede Frau den Rücken gekehrt, giftete er, auch Marion. Der verlängerte Rücken war aber eine Superschau, trumpfte ich auf. Na und? Meinst du, sie hat deinetwegen die Schwenkorgie veranstaltet? Außerdem, selbst wenn du sie siehst: Meinst du, sie würde dich mit dem Arsch angucken? Mit den Worten: Wenn das passiert, wäre es das schon wert! trat ich des Skeptikers sauertöpfische Miene in den Schlamm.

Ich werde hingehen!

Ein bisschen unsicher kam ich mir schon vor, als ich vor dem Eingangstor stand. Heute war die Höhle geschlossen, hatte ich gerade gelesen, und weit und breit war keine Menschenseele zu sehen. War ich doch einmal wieder verarscht worden. Ob Marion dahintersteckte, um mich endgültig zu demütigen, und sie mich aus einer Ecke beobachtete und sich kaputtlachte? Naja, ein paar Minuten blieben ja noch.

Eine Gestalt löste sich vom Hintergrund und näherte sich von innen dem Tor. Die Silhouette war unverkennbar. „Marion?" Sie strahlte mich an. „Du hast mich nicht vergessen?" „Wie könnte ich...." Halt! Geh‘ nicht zu schnell aus dir heraus, ermahnte ich mich. Aber ein strahlendes Lächeln zu unterdrücken war mir nicht geglückt.

Marion öffnete mir. „Sonst ist niemand hier?" „Auf deinem Gutschein steht doch: Exklusiv." „Womit hab‘ ich das verdient?" „Naja...." Marion senkte ihre Lider. „Besonders nett war ich ja nicht zu dir – damals, nach dem Fußballspiel in der Kneipe. Ein anderer Weg war mir nicht eingefallen, mich bei dir zu entschuldigen. Zwei Mal im Jahr darf ich hier eine private Führung veranstalten und du hast als Erster ein Anrecht darauf. Ich hoffe, du interessierst dich ein bisschen dafür."

Eigentlich nicht, aber Marions Anblick heizte mich derart auf, dass keine Grotte der Welt mich mehr abzukühlen vermocht hätte. Höchstens, dass eine schön enge Grotte...; zum ersten Mal in meinem Leben rechnete ich mir eine Chance aus, meine Energie nicht einem Papiertaschentuch überlassen zu müssen. Woher hat sie eigentlich deine Adresse? erdreistete das Arschloch von Skeptiker sich zu melden. Ich ignorierte es – das Arschloch, meine ich.

Wir betraten die Sehenswürdigkeit.

Naja, eine Tropfsteinhöhle. Marion hatte die Beleuchtung eingeschaltet und benutzte zusätzlich eine Taschenlampe, mit deren Strahl sie mir diese oder jene Besonderheit zeigte.

„Übrigens", fragte sie plötzlich, „weißt du, was von unten und was von oben wächst?" „Äh...?" „Na, die Stalagmiten und – du weißt schon." Ich erinnerte mich ihres komischen Versprechers damals am Tresen. „Ich starte jetzt eine wirkliche Exklusivvorführung." Ehe ich mich's versah, hatte Marion ihr T-Shirt über den Kopf gezogen und stand nun, aller Geheimnisse ihrer nördlichen Regionen entblößt, vor mir. Ich starrte wie hypnotisiert ihre herrlichen Brüste an, schön üppig und offenbar dennoch recht fest.

„He! Ich will dir 'was zeigen!" Sie bückte sich und stützte sich auf die Hände, sodass ihr Körper ein umgedrehtes U bildete. Sie begann sich wiegend zu bewegen und ihre beiden – Dinger – gerieten ins Schwanken. „Siehst du die Titten? Die wachsen von oben und das Gegenteil, eben die Mieten, wachsen von unten. Gute Eselsbrücke?"

Ich brachte keine Antwort heraus, einen so faszinierenden Anblick bot der tadellose Frauenleib. Neben ihren Stalaktitten fiel mir nunmehr ein straff von Jeansstoff einzwängtes Hinterteil ins Auge. Marion sah mich von der Seite an. Ein siegesgewisses Lächeln umspielte ihre Mundwinkel, denn sie hatte ihren Blick auf eine Stelle meiner Oberbekleidung gerichtet, deren Zustand mir peinlich war.

Marion erhob sich. „Das hier ist unser größtes Gewölbe, bekannt für sein Echo." Dann klatschte sie in die Hände, sodass es in den Ohren klingelte. „Mach' auch mal!" Tatsächlich; je nach Luftpolster, das sich bildete, erzielte ich respektable Dezibelwerte.

„Mit den Händen haben wir zwei konkave Flächen, die aufeinander treffen", deklamierte Marion, „noch besser wäre konkav auf konvex." Eine Befürchtung bemächtigte sich meiner. „Willst du mich ohrfeigen?" „Quatsch."

Marion war immer noch ‚oben ohne'. Sie begab sich zu einem der Findlinge, die in der Grotte herumlagen – woher auch immer sie stammen mochten – und der offenbar die passende Höhe einnahm, stellte sich vor ihm auf und vollendete zu meiner grenzenlosen Überraschung ihren Striptease: Sie ließ Jeans und Höschen zu Boden fallen. Dann bückte sie sich und stützte sich mit den Ellenbogen auf dem Felsen auf. „Nun?"

Ich fasste es nicht. „Soll ich wirklich…?" „Mensch, bist du blöd! Allein für diese Beleidigung habe ich eine Tracht Prügel verdient." Sie drehte sich halb zu mir um und sagte in völlig verändertem Tonfall: „Ich rate dir, dich unten herum freizumachen. Du wirst sehen, es wird dir einige Peinlichkeiten ersparen."

Als ich ausholte, um Marion den ersten Echotest zu verpassen, klopfte mir mein Herz bis zum Hals. Als ich es getan hatte, sah ich bestürzt auf den roten Fleck, dessen Verursacher ich war.

Sie

Mensch, bist du blöd! habe ich bereits mehrfach gedacht, bis Wolfgang endlich begreift, dass ich es ernst meine. Nein, er hätte sich nie im Leben auf eine Chiffre-Anzeige gemeldet, laut der er sich an einem entblößten Frauenpo hätte austoben dürfen.

Eigentlich soll die Haut vorgewärmt werden, bevor es richtig losgeht, aber ich verzichte darauf, es zu kompliziert zu erklären. Muss ich eben zu Beginn ein bisschen zusätzliches Brennen aushalten!

Hört der Kerl doch nach dem ersten Klaps schon wieder auf! „Was ist? Bist du so schnell müde?" „Zu fest?" Wolfgangs Stimme klingt zittrig. Beinahe hätte ich gelacht. „Nein, richtig gut. Gefällt's dir?" „Hm, ja. Dein – Ding – wackelt so schön." „Klar, und meine Dinger hier oben wackeln auch schön. Ist eben Frauenpolster, wo es hingehört. Jetzt leg' gefälligst los!"

Nach einer Weile merke ich, dass Wolfgang endlich seine Spur gefunden hat. Im Echosaal klingt ein Spank so herrlich wie ich es mir vorgestellt hatte. Ich gebe zu, dass ich den Wacker, auf den ich mich jetzt abstütze, schon lange vorher ausgesucht habe, falls sich je eine Gelegenheit bieten sollte.

Ich schließe die Lider und sehe mich mit meinem inneren Auge lächeln. Die Phase ist erreicht, in der ich keine Schmerzen mehr empfinde, sondern nur das aufreizende Klatschen vernehme und spüre, wie die köstliche Wärme in mein Lustzentrum kriecht und es erfüllt. Gleich...! Wolfgang hat zum Glück seine Scheu verloren und bearbeitet meinen Po gleichmäßig und kräftig. Jetzt! Ich beginne zu stöhnen und merke, dass er erschrickt. „Weiter!" schreie ich, „Stakkato und feste!" Die Schläge sind nicht mehr voneinander zu unterscheiden und auch meine Schreie zu einem einzigen verschmolzen.

Endlich ebbt mein Orgasmus ab. Aus meinem Stöhnen ist zunächst ein Keuchen und zuletzt ein Seufzen geworden. „Ist gut, danke!" sage ich mit ruhiger Modulation und sehe seitlich an mir vorbei Wolfgangs Arm sinken. „Wie is's dir?" Ich erhalte keine Antwort, jedenfalls keine verbale. Ich spüre, wie Männerpranken energisch meine Hüften umfassen und etwas Heißes, Hartes dort eindringt, wo sich Sekunden zuvor noch galaktische Gefühle verbreitet haben. Wenigstens hat Wolfgang diesmal ohne ausdrückliche Aufforderung begriffen, zu welchem Zweck ihn meine Öffnung angrinst. Um ihn zu ermutigen, schnurre ich und veranlasse seinen Kolben zu weiteren Stößen, sodass entgegen meinen Erwartungen mein Kitzler erneut zu jucken beginnt. Nun schnurre ich aus ehrlichem Entzücken. Die kühle Samenflüssigkeit breitet sich in meiner Gebärmutter aus und sorgt für einen würdigen Abschluss des doppelten Abgangs.

Wir stehen keuchend da und lächeln uns an. Ich erlaube mir, sanft an meinem Po zu reiben. „Und?" frage ich. „Soll ich dir 'was sagen, Marion?" „Was?" „Es ging ganz leicht." „Was hast du sonst erwartet? Meine Vagina war heiß und bestens durchfeuchtet." „Da hatte ich keinen Zweifel, aber das meine ich nicht." „Und was meinst du?" „Naja, ich hatte so einen Schiss vor dem ersten Mal."

Ich pruste lauthals los und ärgere mich unmittelbar danach darüber. „Entschuldige, ich wollte dich nicht auslachen. Soso. Das erste Mal. Da hast du dich aber gut verkauft." „Ich weiß nicht, was mich überkam, aber ich schlug einfach drauf und du wirktest so vergnügt, als hättest du ehrlichen Spaß. Das hat mich so bärig angemacht, dass ich plötzlich keine Bedenken mehr hatte, dich...." „Hast du meine Stalaktitten wackeln sehen?" „Schinken von nah und Stalaktitten durch deine Schenkel, herrlich!" „So hatte ich's ja auch vorbereitet.

Wir sollten uns allmählich wieder anziehen. Ich hab' in weiser Voraussicht einen Haufen Papiertaschentücher in meine Handtasche gepackt. Deine Brühe läuft mir nämlich bereits bis zu den Knöcheln 'runter."

Ehe wir ans Tageslicht zurückkehren, inspizieren wir mehrmals eng umschlungen mit den Zungen gegenseitig unsere Mundhöhlen. Auch hier scheint mir Wolfgang der Richtige zu sein. Er schmeckt mir jedenfalls. Ich hoffe, ich schmecke ihm genauso. Besonders delikat scheint ihm mein Busen zu schmecken, an dem er mehr als ausgiebig herum-grabscht. Außerdem leckt und küsst er ihn und saugt an ihm, während ich mir, von ihm unbemerkt, durch Reiben eine dritte Ex- oder besser gesagt Implosion verschaffe. Während Wolfgangs Gelutsches und Gesabbers gelange ich zu der Überzeugung, dass die ‚Dinger' mein Aktiv-posten Nr. 1 seien. Vorspiel und Beigaben bereiten häufig ebenso viel Freude wie der als Höhepunkt definierte Flüssigkeitsaustausch zwischen Stecker und Dose.

Nach meiner spontanen Einlage reibe ich intensiv den rückwärtigen Kollegen und genieße dessen Schwellung und Hitze, während Wolfgang hingebungsvoll meine nörd-liche vordere Front beackert. Ich bin bar jeder Vorstellung, wie viele Streicheleinheiten der eindrücklichen Art meine südliche hintere hat einstecken dürfen; hundert oder mehr betrachte ich als sicher. Andererseits bedeuten sie eine Premiere, träume ich doch schon lange davon, einmal von maskuliner Kraft ausgiebig den Arsch versohlt zu kriegen. Dass während dieses Akts die Lustgrotte sogar einen Selbstläufer-Orgasmus auszulösen vermag, habe ich mir auszumalen nicht gewagt. Umso besser!

Die Wärme, die mein Gesäß durchrieselt, wird für mehrere Stunden meine wunderbare Begleitung sein. Später zu Hause gibt es bestimmt genügend inwendiges Restkribbeln zu spüren und über den Eckspiegel -röte zu sehen, dass dank beider Überbleibsel des geilen Höhlenspanks mein Dildo wirkungsvoll eine zweite, geheime Runde einläutet. Ich schauere bei dem Gedanken vor Wonne zusammen, mit der Hand, die ich zum Positionieren und Halten des Geräts nicht brauche, meine warmen, anschmiegsamen Hinterbacken sanft zu streicheln und zu kneten.

Meine Spankingmaschine werde ich meistbietend verstei-gern.

Julias Anzeige

Wer Interesse hat, sich an mir beim Paddeln zu üben (m/w, bitte kein d), melde sich unter Chiffre.... Der Zusatz lautete: *Kein GV!*

Hätte diese Anzeige in der Hauszeitung des Ruderklubs gestanden, wäre sie – abgesehen von der leicht merkwürdigen Formulierung – völlig anders verstanden worden als sie gemeint war. Sie fand sich jedoch in einer Flagellantenzeitschrift und wer sie darin las, würde wissen, wie sie gemeint war. Aufgegeben hatte sie ich, Julia.

Vor Jahren war ich tatsächlich Mitglied in einem Paddelklub gewesen. Neben dem Spaß, den der Sport selbst bereitete, hatte ich mit meiner Freundin Kerstin darüber hinaus ein Vergnügen entdeckt, das zwar ein wenig anrüchig war, aber für den ultimativen Kick sorgte. Wie häufig bedurfte es eines Zufalls, zu erkennen, welche Wünsche in einem so schlummern.

Meistens paddelten wir im Zweier. Es ist erstaunlich, wie schnell man selbst in vermeintlich dichtbesiedelten Gebieten in die Einsamkeit gerät, wenn man die üblichen Naherholungsrouten verlässt – und frau natürlich auch.

Die Wiese erstreckte sich bis zum Wäldchen einige hundert Meter weiter und gehörte uns allein. Kerstin war es wohl, die unsere Sehnsucht auslöste. Sie begann mit einem Tadel: „Heute hast du dich aber ganz schön gehen lassen. Flussaufwärts habe ich die Strecke beinahe allein gemeistert." „Red' doch nicht so einen Unsinn!" „Du siehst jedenfalls frisch aus, als wärst du gerade aus dem Bett aufgestanden." Da ich mich tatsächlich angestrengt hatte und mich ungerecht behandelt fühlte, stieg Zorn in mir auf. Empört wandte ich mich ab und Kerstin den Rücken zu. Da geschah es, dass sie – vermutlich auch im Zorn – ihr Paddel nahm und damit meinem Gesäß einen heftigen Schlag versetzte. Da wir unterwegs ganz schön mit Wasser in Berührung gekommen waren, klatschte es laut auf meine Bikinihose.

Ich drehte mich langsam um. Kerstin war erschrocken und stammelte: „Entschuldige bitte, da ging der Gaul mit mir durch." Sie hatte beide Backen gleichmäßig getroffen, die nunmehr eine wohlige Wärme in mein Inneres auszustrahlen begannen.

Ängstlich erwartete Kerstin meine geharnischte Reaktion. Die bestand in einem immer breiteren Grinsen. „So schlimm war das gar nicht. Würdest du noch einmal zuhauen?" Kerstin sah mich verblüfft an. „Soll ich wirklich...?" „Ich sag's doch. Und schön feste!

Warte." Ich bückte mich, stützte meine Hände auf den Oberschenkeln ab und schloss die Lider. PATSCH! machte es und ich nörgelte: „Ich sagte doch: Feste.

Oder warte nochmal." Ich watete ins Wasser, bis meine Hose vollständig untergetaucht und klatschnass war. Dann kehrte ich zu Kerstin zurück und nahm meine Bückpose wieder ein. „Jetzt! Und richtig feste. Zehn Stück bitte."

Als die Schläge auftrafen, schmerzten sie wunderbar und weckten in mir nie gekannte Wallungen. Als die Zehn vorbei waren, verharrte ich keuchend und versuchte zu verarbeiten, was in mir vorging. „Sag' mal...", meldete sich Kerstin schüchtern. „Hm?" „Törnt dich das an?" „Unbeschreiblich." „Würdest...; würdest du mir das gleiche antun?"

Ich streckte mich. „Natürlich, gern. Tauf' aber erst deine Hose nochmal. Du wirst sehen, dann zieht's viel besser."

Nachdem auch Kerstin ihre Zehn eingesteckt hatte, sahen wir uns an. Wir sind kein bisschen lesbisch, aber im Augenblick verlangten unsere Lustgrotten Zuwendung und Männer waren nicht greifbar. „Komm, wir machen's", beschied ich, „anständig oder nicht." Sekunden später hatten unsere Finger die Arbeit aufgenommen und vollendeten, was bereits angeklopft und auf weitere Anregung gewartet hatte. Dass jede der anderen ins Gesicht sah, während sie kam, steigerte die Intensität des Erlebens. Nachdem unsere Orgasmen abgeklungen waren, standen wir heftig atmend da und grinsten uns an. Kerstins Hinterteil füllt ihr Bikini-Unterteil faltenfrei aus. Das verleitete mich, ein bisschen daran herumzugrabschen und zu -kneten und seine Wärme auszukosten. Dann ritt mich der Teufel. Ich griff von hinten zwischen Kerstins Schenkel und rieb an ihrem sensitiven Vorderbreich. Sie begann zu stöhnen, krümmte sich und krächzte: „Mach' bitte weiter." Müßig zu erwähnen, dass sie mir im Anschluss den gleichen Liebesdienst erwies.

Wir musterten uns unbehaglich. „Sind wir ab jetzt Lesben?" „Nein, jedenfalls nicht nur. Eher bi. Ich kann mir nach wie vor einen kräftigen Männerschwanz bei mir drin vorstellen." „Dann bin ich beruhigt. Ich nämlich auch."

Unser Paddelspanking wuchs sich während des Sommers zur wöchentlichen Kür aus, wobei wir die Dosierung kontinuierlich steigerten. Wir achteten darauf, uns im Klubhaus allein zu duschen, denn unsere Kameradinnen sollten sich lieber nicht über unsere leuchtenden Kehrseiten wundern.

So hätte es bis ins Rentenalter weitergehen können, hätte es mich nicht aus Karrieregründen in eine weit entfernte Stadt verschlagen. Ich blieb mit Kerstin in Kontakt, aber wir sahen uns kaum noch. Irgendwann teilte sie mir mit, dass sie sich eine Spankingmaschine besorgt habe und sehr zufrieden damit sei.

Ich ließ ohne weiteres Männer an mich heran, aber mein Traum war nicht dabei. Keiner durchschaute mein Begehr und ich scheute mich aus Furcht, für pervers gehalten zu werden, sie direkt mitzuteilen.

Folglich erstand auch ich eine Spankingmaschine, aber mir ging es anders als Kerstin. Ich empfand überhaupt keine Freude daran, von einem seelenlosen Gerät gepeinigt zu werden. Selbstversuche verliefen im Sand, denn ich spürte keine Erregung, wenn ich mir kräftig auf eine Hinterbacke haute. Das Ergebnis erschöpfte sich in einer schmerzenden Handfläche.

Recht bald war mir klar: Beide Wölbungen mussten synchron bedient werden und das ginge ausschließlich mit einem Paddel.

Nicht klar war mir mangels Erfahrung, ob es eine Frau sein musste oder ein Kerl sein durfte, um das gewünschte Ergebnis zu erzielen. Deshalb ließ ich in meiner Anzeige ausdrücklich beide Geschlechter zu. Irgendwelche Sadisten musste ich rechtzeitig herausfiltern; ich hoffte, genug Menschenkenntnis zu besitzen, um das erfolgreich zu bewerkstelligen.

Nun sah ich mir die Zuschriften an und war auf das Verhältnis gespannt. Zufällig – zufällig? – hielt es sich beinahe die Waage. Sieben Frauen und acht Männer erklärten sich willens, mir zu Willen zu sein. Naja, dachte ich, es gibt Schlimmeres als einer gestandenen Frau den Hintern zu versohlen – und dass das das Ziel war, ging aus Formulierung und Platzierung eindeutig hervor.

Ich bestellte meine Lieferanten täglich ab 17:00 Uhr, bis alle durch wären. Ein schönes Paddel hatte ich mir im Sexshop besorgt. Wer sich ein wenig auskennt, sieht sofort, dass dieses Paddel zum Paddeln im Wasser schlecht taugt.

Mein erster ‚Lieferant' war ein ehrwürdiger Herr, der sich auch so vorstellte: Als Herr Körbe. Schnell erwies sich, dass er am Spanking sozusagen wissenschaftlich interessiert war. Erst glaubte ich an Koketterie, aber als er zu einem sperrigen Vortrag über die Soziologie fehlgeleiteter Partnerschaft anhub, war mir klar, dass das nicht das war, was ich mir ausmalte.

„Sie dürfen nicht so ungeduldig sein, junge Dame", dozierte er, „alles findet seine Erklärung und wenn ein Mensch sich freiwillig schlagen lassen möchte, ist das Grund zu einer tiefschürfenden Analyse."

Ich weiß nicht, was so einen Menschen zum Lesen einer Flagellantenzeitschrift veranlasst, aber falls es sich um ein verdecktes Vergnügen handelt, wurde er in meinem Fall enttäuscht. Bevor das Paddel zum Einsatz kam, hatte ich den Herrn Professor hinauskomplimentiert. Mich von jemandem traktieren zu lassen, der mich mit ‚Sie' anredet, war mir eine Nummer zu exotisch. Ich tätschelte meine leer ausgegangenen rückwärtigen Polster und vertröstete sie auf morgen.

Monika war nach meinem Geschmack: Fröhlich und unbekümmert schämte sie sich nicht im Mindesten ihrer Neigungen. Allerdings hatte sie meine Anzeige in einem Punkt missverstanden. „Ich dich…? Ich dachte, du mich", äußerte sie enttäuscht. „Na, dann sind wir uns ja ebenbürtig", antwortete ich, „und was nicht ist, kann noch werden. Heute möchte allerdings ich gespankt werden." Ich erklärte, dass mich einzig die Bedienung beider Backen gleichzeitig zufrieden stellt, übergab ihr das Paddel, bückte ich mich über meinen Sessel und schob mein Kleid in die Hüfte, wo es dank meines waagerecht positionierten Oberkörpers brav liegenblieb. „Nichts drunter; ich soll also gleich auf den Nackten?" „Sicher. Für ausgedehnte Spiele ist vielleicht später mal Zeit.

Streng' dich an, deine Konkurrenz ist groß. Denk' dran: 20 und schön gleichmäßig."

Sie machte ihre Sache hervorragend. Erfreut stellte ich fest, dass ihre Spankingerfahrungen nicht vorgetäuscht zu sein schienen. Sie schlug sofort kräftig zu und versetzte mein Becken dank ihrer punktgenauen Treffer halbwegs in Ekstase. „Sehr gut", fühlte ich mich ab und zu zu loben veranlasst.

„Und?" fragte Monika, nachdem sie ihre Arbeit erledigt hatte. „Ich schätze fifty-fifty, dass du in 14 Tagen von mir hören wirst. Ein Nachfolger oder eine Nachfolgerin muss sich schon anstrengen, um dich zu toppen." Monikas Mienenspiel brachte es fertig, gleichzeitig zu lächeln und eine Bitte auszudrücken. Sie drehte mir den Rücken zu und hob ihrerseits den Rock. Ich sah, dass auch sie nichts drunter trug. „Willst du wirklich nicht…?"

Sie bot Beachtliches. Fast war ich versucht.... Dann gab ich mir einen Ruck. „Hör' mal, ich hab' noch 13 vor mir. Wie gesagt ist die Entscheidung schon halb gefallen, aber gib bitte den anderen auch eine Chance."

Mit einem Augenzwinkern verabschiedete sich Monika. Ich atmete auf, dass sie offenbar nicht beleidigt war, und rannte, nachdem die Haustür hinter ihr ins Schloss gefallen war, schleunigst ins Bad zu meinem Eckspiegel, um die Rötung betrachten, die Hitze mit einer Hand zu befühlen und die Finger der anderen auf meiner Vorderseite zum Einsatz zu bringen. Es brannte genau richtig für einen Mega-Orgasmus. „Ich hoffe, meine Lieben", wandte ich mich während der Aktion in abgehackter Sprechweise an meine Backen, „dass ich euch heute einen zufriedenstellenden Ausgleich für gestern geboten habe."

Oliver war der erste Mann, der mich verbläuen durfte. Stimmt, dachte ich, außer der gestrigen Einlage mit Monika war Kerstin die einzige, mit der ich bisher paddelte. Ich sah dem Test mit einer gewissen Spannung entgegen. Sollte ich bei einem Typ, der sich auf meine Flagellantenanzeige gemeldet hatte, Bedenken tragen, ob er mich für pervers hält oder nicht? Was soll's, beruhigte ich mich; einerseits ist er wildfremd und andererseits hat er sich ja die bewusste Zeitschrift zu Gemüte geführt. Er musste folglich annähernd so empfinden wie ich.

Der Typ war recht nett und musste zunächst ermuntert werden, etwas härter vorzugehen – männliches Kavaliersgehabe? Ab dem Zehnten bereitete er mir die erwünschten Schmerzen, traf aber leider nie richtig. Entweder war die eine Seite eindringlicher getroffen oder die andere.

Maren machte das zwar besser, kam mir aber recht zickig vor. Das bin ich selbst, dachte ich, als ich sie verabschiedete, noch so einer bedarf es nicht.

Janis und Ursula hätten eine Chance gehabt, hätte mich nicht vorher Monika in die Mangel genommen. So einfach scheint es nicht zu sein, dachte ich. Da hatten Kerstin und ich anscheinend das Glück der Ahnungslosen.

Dann geschah das, was ich befürchtet hatte. Als ich Robur öffnete, sah ich, dass es schwer würde. Der Kerl war sichtlich auf Bespringen und darauf aus, mich zusätzlich zu verprügeln. Mir war klar, dass ich sofort einen Riegel vorschieben musste. „Bleib' draußen", beschied ich ihm, „mit dir will ich nichts zu tun haben." „Von wegen", trumpfte er auf, „du hast mich eingeladen und hier bin ich." „Ich hab' dich für einen bestimmten Job engagiert und stelle fest, dass du ungeeignet bist.

'raus hier!" denn Robur hatte die Haustür aufgedrückt und stand in meinem Flur. Er war ein Riesenbrocken.

So eine gute Kampfsportlerin bin ich nicht, dass es je für einen schwarzen Gürtel gereicht hätte, aber der Überraschungseffekt würde ihn ersetzen. Ich versetzte dem Kerl einen Handkantenschlag, dass ihm die Luft wegblieb. Dann packte ich den Arm und drehte ihn intensiv genug auf den Rücken, dass er einen Schmerzensschrei ausstieß. Ich versuchte ihn wegzubewegen, aber das misslang mir auf Grund seiner schieren Masse. Auch in den Schwitzkasten würde ich ihn nicht kriegen.

Zum Glück habe ich gute Nachbarn. Die Haustür nebenan öffnete sich und Alfons trat heraus. „Ist was, Julia?" fragte er und sah, was anlag. „Der Drecksack will mich vergewaltigen", keuchte ich. Ein weiteres Glück ist, dass Alfons mindestens ein ebensolcher Bulle wie mein ‚Gast' ist und als Bauarbeiter mehr Muskeln als Fett aufweist. Mit einem Wutschrei sprang er an meine Seite, packte Roburs speckiges Genick und zerrte ihn in den Flur. Dort gelang es diesem zwar, sich zu befreien, aber das erwies sich als nutzlos. Alfons versetzte ihm einen Faustschlag ins Gesicht und ich hörte das Nasenbein knacken. Ein Wehlaut und ein an Leib und Seele gebrochener Mann hastete die Treppen hinunter. „Dass du dich hier nie wieder blicken lässt!" brüllte Alfons ihm hinterher.

Die Eingangstür schlug zu und wir sahen uns an. „Danke, Alfons." Bei Alfons sieht ein Lächeln immer leicht unbeholfen aus, aber er versuchte es. Ich erwiderte es und flüsterte: „Jetzt hast du eine Belohnung verdient."

Niemand würde sich ohne Not mit Alfons anlegen, dabei ist er ein lieber und grundanständiger Charakter. Darüber hinaus ist er verheiratet und verehrt seine Frau, was ich sehr schätze. Dennoch, finde ich, sind gewisse menschliche Einrichtungen kein Heiligtum. Ich fuhr, weiter flüsternd, fort: „Ich weiß, dass du Imogen sehr liebst. Mich brauchst du nicht zu lieben. Aber ich hätte ein schlechtes Gewissen, dich mit einem einfachen ‚danke' nach Hause zu schicken. Mir zu Gefallen." Imogen arbeitet in einer Boutique und kommt vor Acht nicht nach Hause, während auf dem Bau gegen Fünf Feierabend ist. Die Nische passte folglich genau. Er versuchte seine Ehre zu retten. „Du hast mich doch zu Hilfe gebeten, um einem Vergewaltiger zu entgehen." „Na und?" „Na, ich…." „Du bist kein Vergewaltiger; ich bitte dich doch."

Boah! So kräftig wie Alfons äußerlich wirkt, so kräftig gebärdete sich auch seine fünfte Extremität. Einmal in Stimmung gebracht stach sein Riesenkoben nicht weniger als sechs Mal zu, sodass mein Unterleib nach anfänglicher Begeisterung irgendwann ‚genug, bitte' signalisierte. Falls Imogen eine richtig Mannstolle ist, dachte ich, ist sie zu beneiden.

Nachdem ich Alfons verabschiedet hatte, lag ich eine Weile wohlig schnurrend auf meiner Couch, bis ich vor meiner Wohnung Schritte hörte. Schnell huschte ich zur Tür, öffnete sie und bat Imogen kurz herein. „Was ist?" „Ich muss dir ein Geständnis machen." Imogen sah mich misstrauisch an. „Hm. Und welches?" Ich schluckte. „Dein Mann hat…, hat mir heute sehr geholfen. Da zeigte ich mich dankbar." „Du Flittchen!" Kaum hatte sie das ausgesprochen, landete ihre Hand klatschend auf meiner linken Wange. Ich schloss die Augen. „Er hat mir wirklich sehr geholfen." KLATSCH! hatte auch meine rechte Wange ihr Fett weg. „Bitte sei ihm nicht böse; ein Mann kann nicht anders." KLATSCH! Linke

Wange. „Mir darfst du böse sein." KLATSCH! Rechte Wange.

Ich öffnete die Augen und sah Imogen an. Sie schien sich allmählich zu beruhigen. „Sind wir weiterhin Freundinnen?" Imogen schnaufte. „Bitte. Es war eine Ausnahmesituation und ich habe meine Backpfeifen kassiert, ohne mich zur Wehr zu setzen. Bitte lass' es dabei bewenden und dir Alfons gegenüber nichts anmerken. Er hat ein sehr schlechtes Gewissen." Imogens Gesicht wurde weich; beinahe lächelte sie. „Das sieht ihm ähnlich. Okay, ich lasse es dabei bewenden. Ich bitte dich allerdings, dich in Zukunft nicht mehr in brenzlige Situationen zu manövrieren."

Später erfuhr ich, dass Alfons seine Frau längst angerufen und ihr seinen Fehltritt gestanden hatte. Biest! Sie hatte von vornherein vorgehabt, mir die Fresse zu polieren. „Da du von dir aus mit der Geschichte 'rausgerückt bist, beließ ich es bei vier", informierte sie mich beim nächsten Kaffeekränzchen, „sonst wäre der warme Regen zu einem Hagelsturm ausgeartet.

Ich entschuldige mich nicht bei dir, denn du hast ja unumwunden zugegeben, dass du bei der Verführaktion die Aktive warst und ein bisschen Genugtuung gönn' ich mir, dachte ich. Zumal ich an jenem Abend auf dem Trockenen saß, denn du hattest Alfons bis zum letzten Tropfen ausgemolken." „Okay, das akzeptiere ich und ist damit vergessen." Ich mag beide und bin froh, dass nunmehr alles wieder eingerenkt ist. Ein Verdacht ist mir allerdings geblieben: Dass sie sehr wohl mitbekamen, was in der Nachbarwohnung – meiner – alles abging und Alfons nicht zufällig herausschaute, als er bei mir verdächtige Geräusche vernahm.

An jenem bewussten Abend glühte bei mir jedenfalls eine Sorte Backen, für die ich das nicht vorgesehen hatte. Imogens Hinlangen hatte sauber gesessen.

Es ist Zeit, weiter über meine potenziellen Sparring-, äh Spankingpartner zu berichten. Kira war nicht der Rede wert, aber als Neunter klingelte Heiner. Ich war sofort von ihm hingerissen und hoffte, dass er seine ‚Arbeit' genauso gut erledigen würde wie er aussah. Um mir nichts anmerken zu lassen, tat ich sehr geschäftsmäßig, erklärte ihm das Arrangement und was ich von ihm erwartete.

Mittlerweile hatte ich mir angewöhnt, meine Probanden in einem T-Shirt zu empfangen, das gerade meine Scham bedeckte und beim Bücken von selbst freilegte, was freizulegen war. „Denk' dran", ermahnte ich Heiner, „es handelt sich um einen Job und sonst nichts. Du legst dich ins Zeug und ich werde ein bisschen zucken und keuchen, aber das braucht dich nicht zu stören.

Los!" Herrlich! Genauso treffsicher wie von Monika bezog ich meine Prügel, während eine bestimmte Öffnung abgefüllt zu werden begehrte. Würden die Schläge und das Brennen doch nie enden und...! Allzu rasch waren die 20 abgeleistet und Heiner flüsterte: „Bleib' so." „Hm?" Als ahnte ich, was folgen würde, gehorchte ich und spürte etwas Heißes, Hartes in mich eindringen. „He, kein GV!" Ich fürchte, dem Tadel gebrach es am notwendigen Nachdruck, denn mein schmachtendes Quieken, während besagte Öffnung erhielt, was sie begehrte, strafte ihn Lügen.

Als nach erfreulich druckvollen Ergüssen der Spender erschlaffte und sich zurückzog, sank ich auf die Knie und atmete tief durch. Von tief innen stieg ein zufriedener Seufzer hoch und zog jeder Form von Zorn ihren Stachel.

Ich rappelte mich auf, schaute Heiner ins Gesicht und hob symbolisch die Hand, schlug aber natürlich nicht zu. „Was fällt dir ein?" Heiner tat so, als wäre er verlegen. „Während ich deinen Po mit dem Paddel, äh, liebkoste, glitten deine Beine immer weiter auseinander. Ich hielt das für eine Aufforderung...." Ich lachte, obwohl ich das nicht gewollt hatte. „Wenn das stimmt, bin ich stärker muschigesteuert als mir bewusst ist. Ich hab's wirklich nicht gemerkt." Nein, ich schaffte es nicht, böse zu sein, denn mein Steuerorgan erging sich in Danksagungen und ich fühlte mich pudelwohl. Ich senkte meine Hand auf Heiners Wange und streichelte sie, während ich eine klebrige Brühe an den Innenseiten meiner Schenkel dem Fußboden zustreben spürte. „Okay, Heiner, sechs Anwärter folgen dir. Ich mach' dir aber Hoffnung, dass du in einer Woche 'was von mir hörst."

Ich überlegte, ob ich den Sechsen von vornherein absagen sollte, ließ sie aber 'ran, damit ich nicht ein zufälliges Wunder verpasste.

Ich verpasste keins und landete wie erwartet bei Heiner und Monika. Monikas und meine Rollen sind nunmehr vertauscht, denn ihr Freund Rupert liebt es, sich einen zu wichsen, während seine Holde von einer anderen Frau den Arsch versohlt bekommt, und den Saft in seine freie Hand zu spritzen. Auch Monika geilt sich während ihrer Züchtigung zum Orgasmus auf; sie entblößt sich vollständig und beobachtet, wie sich ihr Gesicht bei jedem Treffer vor Pein verzerrt und ihre Brüste wackeln. Zu diesem Zweck baut sie sich bei sich zu Hause vor einer ausladenden Biedermeier-Kommode auf, die ein monumentaler Spiegel krönt. Sie bevorzugt eine härtere Gangart und ist dem Einsatz von Rohrstock oder Lederriemen zugeneigt. Sie blutig zu schlagen weigere ich mich, aber nach Vollzug ziert ihr Po eine ganz schöne Sammlung dunkler Striemen. Monika verharrt eine Weile in ihrer Stellung, damit Rupert Gelegenheit erhält, sein eben ans Tageslicht entlassenes Sperma auf Monikas verwüstete Landschaft zu schmieren. Ihrer Aussage nach kühlt das wirkungsvoller als jede biologische Crème. Im Lauf der Behandlung wandelt sich Monikas nachgängiges Gewimmer zu hingebungsvollem Stöhnen.

Meinen Haushalt mit Heiners zu vereinigen zögere ich. So treffen wir uns wechselweise bei ihm, Monika und Rupert und mir, um unsere Gelüste auszuleben. Heiner und ich gehen konventionell vor, beinahe wie bei unserem ersten Treffen. Unten herum bin ich natürlich blank, aber ich behalte mein T-Shirt an und bücke mich über die Sitzfläche eines Sessels, auf die ich mich mit den Armen abstütze.

Heiner vermöbelt mich, bis sich die Wärme zum vorderen Lustzentrum vorgearbeitet hat und ich „danke, genug" rufe. Dann rammt er mir sofort den Seinen 'rein, während Spannerin Monika sich sowohl während Heiners Paddel- als auch Stoßarbeit genussvoll mehrere hintereinander 'runterholt. Leider verhindert bei Rupert der Anblick eines anderen Mannes jegliche Erregung. Er hält sich während unseres flotten Dreiers in einem anderen Zimmer auf, erklärt aber, dass er mit dieser Option gut lebe.

So hat sich mein Mut ausgezahlt, in einer schlüpfrigen Zeitschrift eine Anzeige zu schalten. Der Verkauf meiner Spankingmaschine brachte mir obendrein eine erkleckliche Summe ein.

Rebecca auf dem Kibo

Wie jedes Jahr, wenn der Motorradklub ‚Keep Slow with Speed' zu seinem jährlichen Festival einlädt, hatte er auch in diesem Jahr gespenstisches Glück mit dem Wetter. Es gibt zwar Zeitgenossen, die Temperaturen von über 30°C für unangenehm halten, aber dazu gehöre ich nicht. Ich finde es herrlich, im T-Shirt im Gelände herumzufahren, obwohl natürlich alle brav in voller Montur angereist waren.

Viel kannten mich schon lange und ich wurde entsprechend häufig fröhlich mit „Hi Rebecca, schön, dass auch du hergefunden hast" begrüßt. Bewunderung fand meine Maschine, nicht nur eine der leistungsfähigsten ihrer Art, sondern durch chromblitzende Accessoires solcherart aufgewertet, dass sie Aufsehen erregte, wo sie auftauchte.

Ich war gespannt, was sich die Organisatoren für den diesjährigen Wettbewerb ausgedacht hatten. Die jahrelange Wahl der ‚Miss nasses T-Shirt' hatte sich mittlerweile totgelaufen und war anderen Disziplinen gewichen. Voriges Jahr hatten die Herren die Ehre gehabt, um die Trophäe ‚knappste Lederhose' kämpfen zu dürfen.

Bevor ich mich dem Plakat widmete, das den Ablauf der zweitägigen Veranstaltung detailliert auflistete, begab ich mich ins Festzelt. Hier herrschte tatsächlich eine Hitze, die jeder Sauna zur Ehre gereicht hätte. Den Mitgliedern der Rockband ‚Maltihund' lief beinahe der Schweiß in ihre Instrumente, aber sie ließen sich nicht beirren. Erstaunlich viele der Klubber beherrschen eins, vor allem elektrische Gitarre. In dieser Gruppe waren deshalb am häufigsten neue Gesichter zu sehen, damit jeder einmal mitspielen durfte. Könner an Schlagzeug, Keyboard und Saxophon sind dünner gesät, sodass deren Aufstellung relativ stabil bleibt.

Ich bewundere Musiker, aber ein Versuch, selbst dazu zu gehören scheiterte an meiner Ungeduld. Bis ich ein Stück im Griff hatte, musste ich so viel üben, dass ich es satt bekam, bevor ich es wirklich konnte. Ein Versuch mit einem neuen verlief im Sand, denn das konnte ich ja wieder nicht. Über C-, F- und G-Akkorde kam ich nicht hinaus und das ist arg wenig. Schon des G7 vierter Finger überforderte meine individuelle Motorik. Ich muss es zugeben: Ich bin unbegabt, wenn auch nicht atonal veranlagt. Eine fetzige Metallband vermag mir Schauer den Rücken hinablaufen zu lassen. Darum bin ich regelmäßiger Gast beim Wacken-Konzert im August.

Vorerst schrieben wir den Juni und Sid, der Chef der Speeder, sah mich. „Hi Rebecca!" rief auch er, denn wir waren uns häufig über den Weg gelaufen, allerdings meistens nicht hier, sondern bei besagten heavy metal-Konzerten. „Hi Sid, wie geht's?" „Gut, wenn mich nicht eine Sorge plagen würde." „Und welche?" „Ich vermisse immer noch deinen Namen in unserer Mitgliederliste." „Ach Sid, wenn ich so viel Zeit hätte wie ich wollte wäre ich längst dabei." „Du musst ja nicht voll aktiv mitmachen. Ab und zu dabei sein genügt." „Das bin ja auch so." „Nur zu diesem Anlass. Sonst bleiben wir unter uns." „Hm." Stimmt natürlich, Motorradausflüge allein sind so ziemlich das Dämlichste was es gibt. Ab und zu war ich mit ein paar Freundinnen unterwegs, aber ein ganzer Klub....

„Ich verrat' dir 'was", vertraute Sid mir an, „unser diesjähriger Wettbewerb hat als Hauptpreis eine lebenslange Mitgliedschaft – neben einem anderen, speziellen." „Und worin besteht er – der Wettbewerb, meine ich? Da voriges Mal die Männer 'was von sich zeigen durften, sind jetzt wohl wieder die Frauen dran?! Striptease unter Wasser?" Sid lachte. „Die Frauen, das ist richtig. Das mit dem unter Wasser wäre bei der Hitze auch keine schlechte Idee.

Nein, wir haben uns etwas anderes überlegt. Was stellst du dir unter ,Girl's Best Bottom' vor?" „Sollen die Teilnehmerinnen ihre Ärsche bewerten lassen?" „Ja, und zwar unter bestimmten Bedingungen." „Du machst mich neugierig." „Du weißt doch, dass unser Igor Pranken wie Sonnensegel hat. Damit haut er unter der Kontrolle eines Schall-

90

pegelmessers jeder kräftig hinten aufs Leder und welcher Po das lauteste Echo erzeugt, dessen Trägerin hat gewonnen. Und du....." „He! Wo guckst du hin? Du möchtest wohl am liebsten an Ort und Stelle...?" „Zu verachten wär's nicht. Ich habe nur geschaut, welche Chancen du hättest. Ich glaube, gute."

Ich kürze unseren Disput ab. Da ich manchmal von Abenteuerlust beseelt bin, schrieb ich mich in den Popoklatsch-Wettbewerb für 16:00 Uhr ein. „Wahrscheinlich gewinne ich, weil ich die einzige Bescheuerte bin, die sich auf sowas einlässt." „Im Gegenteil, so zahlreiche Teilnehmerinnen hatten wir noch nie, auch nicht in der Ära des nassen T-Shirts." „Ich sag's ja, uns Schnepfen ist nicht zu helfen. Lassen uns mit Begeisterung den Arsch vollhauen."

Nachdem Sid gegangen war, um sich anderen Besuchern zu widmen, wandte ich mich dem Geschehen im Festzelt zu. Ein Halbes, das der Sitznachbar trank, lockte bei der Hitze geradezu unverschämt. Ich überlegte. Mein Igluzelt hatte ich wohlweislich als erste Amtshandlung aufgebaut und wir hatten erst Vormittag. Wenn ich auch eins trank und eine Weile pennte, wäre ich bis Vier wieder fit.

Meine Bedienung hieß Angelika und hätte mich eigentlich erkennen müssen. Das geschah aber nicht und war noch nie geschehen. Wahrscheinlich war meine Anwesenheit hier dermaßen absurd, dass sie von vornherein keinen Raum griff. Ich weiß ja, aus welchem Etablissement die Speeder ihre Helferinnen rekrutieren und dass ein weiteres Großzelt aufgebaut ist, das sich in verschiedene chambres séparés aufteilt, in denen jeweils ein Feldbett und ein Eimer bereit steht, der nach jeder Benutzung mit frischem Wasser für den nächsten Freier gefüllt wird. Die Geschäftsabwicklung soll möglichst geräuschlos ablaufen und ist auf eine halbe Stunde begrenzt – kurz, mehr als ein ‚Quickie' liegt nicht drin, falls ein männlicher Jemand den Anblick der kurzberockten Damen nicht erträgt, ohne einen Steifen zu kriegen und zu meinen, er müsse unbedingt seine Hoden entleeren. Schade, dass ich kein Mann bin, denke ich manchmal, ich würde glatt probieren, ob ich in diesem Motorenölambiente überhaupt einen hochbekäme.

Bevor ich auf meiner Isomatte niedersank, stattete ich vorsichtshalber einer der zahlreichen Plastiktoiletten einen Besuch ab, um nicht von unerwünschtem Innendruck geweckt zu werden. Er wäre unnötig gewesen. Es war so heiß, dass jede Flüssigkeit verdunstete, bevor sie Gelegenheit erhielt, die Blase zu füllen.

Im Festzelt war ein Holzkoben in der Mitte der Längsseite für die Delinquentinnen aufgebaut. 31 Bräute hatten sich gemeldet, alle mit knackigen Hinterteilen, die durch glattes Leder zusätzlich betont wurden. Ich besah mir die Konkurrenz und lächelte. Magermodelle waren keine dabei, denn hier zählten Rundungen. So schlecht bin ich nicht, dachte ich. Bisher eher durch mein Holz vor der Tür und meine langen, kräftigen Schenkel im Rennen, ergänzen schöne hintere Polster, nicht wabbelig, aber auch nicht lusttötend abgehärtet, mein Angebot. Igor, gib dir Mühe!

Drei Durchgänge waren geplant, von denen der gelungenste Klatscher gewertet würde. Auch dem besten Spankmeister rutscht einmal die Hand daneben. Ich hatte die Nummer 17, lag also im Mittelfeld.

Es ging drei Mal im Ringelrein; jede bückte sich über die Folterbank, ließ sich den Bewussten draufgeben und der mit Richtmikrofon ausgestattete Schallpegelmesser hielt das Ergebnis, gekoppelt mit der Startnummer, in einer Datei fest. Zu meinem Erstaunen wurden die 100 Dezibel mühelos überschritten. Als Nr. 17 – ich! – dran war, hatte ich überhaupt nicht das Gefühl, Teilnehmerin zu sein. 105 dB, sah ich im Vorbeigehen, und hielt das für einen guten Wert. Gespürt hatte ich praktisch nichts. Die Lautstärke wird keineswegs von der Heftigkeit des Schlags bestimmt, sondern von Aufprallfläche und Passform, das heißt, wie gut die Wölbung der Handfläche der des Pos angepasst ist. Ich sollte, dachte ich, während ich auf die zweite Runde wartete, einmal ein Handbuch für Spanker verfassen. Vielleicht würde das ein Millionenerfolg.

Ich betrachtete meine Konkurrentinnen aus einer Art wissenschaftlichem Interesse, wenn sie dran waren. Manche gaben sich ‚cool', manche wurden leicht bis feurig rot im Gesicht, manche grinsten, eine lachte lauthals und eine rief „hurra!" Wirklich, damit ließen sich 300 Seiten füllen!

Ach so, ich selbst?! Ich gehöre natürlich zu den ‚Coolen'.

„Liebe Bräute, ich danke euch für eure Teilnahme", erklärte Sid nach Abschluss des Akustikorgie, „Igor wird sich zunächst seine Pratze kühlen, während ihr bis morgen warten müsst. Sieger- oder besser gesagt Siegerinnenehrung ist morgen um dieselbe Zeit. Seid bitte alle wieder da. Bis dahin wünsche ich euch und uns allen viel Spaß bei Musik, Essen und Trinken, Maschinenbesichtigungen und sonstigem technischen und gesellschaftlichen Zeitvertreib."

Das war nicht zu viel versprochen, zumal die Speeders außer ihrer eigenen Gruppe zwei weitere Metallbands aufgeboten hatten. Stimmung kam erst nach zehn Uhr abends auf, weil dann endlich die Gluthitze ihren Würgegriff ein wenig lockerte. Zum Glück hatte Sid eine der fünf Nächte im Jahr reserviert, in der Lärm bis ultimo statthaft war.

Ich fand erst nach Tagesanbruch zu meiner Schlafstatt, schlief aber kaum, da sich's im eigenen Saft schlecht erholen lässt.

Um Vier stand ich auf der Matte. Viel versprach ich mir nicht davon, aber zu meiner Überraschung verlas Sid tatsächlich Rebecca als Siegerinnennamen. Gab es noch eine? Nein, Sid sah mich gezielt an und winkte mich befehlend zu sich.

Unter dem Jubel der Zuschauerinnen und vor allem der Zuschauer präsentierte er mich als ‚Girl's Best Bottom' und übergab mir meinen Klubausweis. Ich bedankte mich und gedachte mich vom Acker zu machen, aber Sid hielt mich am Arm fest. „Der zweite Teil des Preises fehlt noch", informierte er mich. „Und worin besteht der?" „In der Würdigung ‚Best Bottom'." „Wie ist das zu verstehen?" „Dass dein herrlicher Arsch zum Ausklang unseres Festivals noch 103 Mal erklingt." „Äh...?" „Na, wir haben 103 Mitglieder – seit eben 104, aber dich zähle ich für diesmal nicht mit – und alle erweisen jenem nochmal die Ehre."

Mir war klar, was Sid meinte. An sich hätte ich Empörung zeigen müssen, aber die Vorfreude erfüllte mich so mit Wolllust, dass ich mehr als ein schwaches „hast du mich eigentlich gefragt?" nicht herausbrachte.

Sid antwortete mir nicht, sondern hieß mich wie gestern über den immer noch bereitstehenden Holzkoben bücken. „Auch die Bräute?" war mein letzter halbherziger Versuch, die lautstarke Ehrung abzuwehren. „Klar." Ich stützte mich ergeben mit meinen Ellenbogen auf der Platte ab und seufzte: „Dann los; hoffentlich sind ein paar Linkshänder dabei."

103 Mal knallte es bei mir hinten drauf, ohne dass ich mehr als ein angenehmes Prickeln verspürte. Fast war ich enttäuscht, als ich merkte, dass alle durch waren. Sid nahm meinen Arm, zog mich hoch und rief: „Und nun einen donnernden Applaus für unsere heldenhafte Novizin." Nachdem der donnernde Applaus abgeflaut war, fügte er hinzu: „Übrigens haben wir bei unserer letzten Hauptversammlung beschlossen, dass so in Zukunft die Taufe für jedes neue Mitglied aussehen wird."

In das einsetzende Raunen rief ich hinein: „Augenblick. Bevor ihr euch in Scharen zur Anmeldung drängelt, Mädels, lasst mich noch etwas sagen." Wie ein Wunder schwiegen plötzlich alle. Ich räusperte mich. „Ich weiß nicht, wer sich an ‚Klimbim' und Ingrid Steeger, den Star der Sendung erinnert. Ich kenne sie auch nur als Wiederholung. Michael Pfleghar drehte danach die Ulkserie ‚Die himmlischen Töchter' mit Iris Berben und wiederum Ingrid Steeger. Ich bin deren Hochparterrevariante. Die erste Folge hieß ‚Ein Stier nach Pamplona' und endete mit Ingrids Worten: ‚Es kann passieren was will, zum Schluss steh' ich immer oben ohne da'. Für mich gilt: Es kann passieren was will, zum Schluss krieg' ich immer den Arsch voll."

Ich verabschiedete mich winkend und badete in tosendem Jubel. Das Zelt abschlagen und das Gelumpe zusammenpacken war so ernüchternd profan, dass ich unwillkürlich an morgen und meinen bevorstehenden Alltag dachte.

Als ich alles in den Satteltaschen verstaut hatte, prüfte ich die Widerstandsfähigkeit meiner natürlichen Sitzfläche, stellte aber außer einem bisschen Druckempfindlichkeit kein Problem fest. Dennoch würde ich eine Zusatzrunde drehen, denn ich fahre mit Absicht keine Chopper. Auf der aufgesessen sieht die Fahrerin oder der Fahrer zwar würdevoll aus, aber eins bleibt ihr verwehrt – wohlgemerkt nur ihr. Auf einer Touringmaschine lassen sich durch liegende Position oder 'in den Tank kriechen' deutlich höhere Geschwindigkeiten erzielen als bei aufrechtem Sitzen, aber dabei besteht für die Herren der Schöpfung die Gefahr, dass sie sich ein wichtiges Körperteil schmerzhaft quetschen.

Für die andere Hälfte der Menschheit ist die erzielbare höhere Geschwindigkeit nicht der auslösende Grund für schneidig aussehende Fahrweise. Ich weiß, dass meine Geschlechtsgenossinnen ihre natürlichen Vorrichtungen genauso nutzen wie ich. Breitbeinig mit dem Sitz verbunden regen bestimmte Drehzahlen sie und mich durch ihre Vibrationen an, dass nach kurzer Zeit die Lustgrotte zu jucken beginnt und eine Kette herrlicher Wallungen auslöst. Die Fahrerin muss sich lediglich zwingen, während der Fahrt die Augen offenzuhalten.

Darin dürfte der Grund zu suchen sein, warum Chopper praktisch ausschließlich von Männern chauffiert werden.

●

Ich besitze eine Jagdhütte. Nein, ich bin kein Flintenweib, denn ich habe sie zweckentfremdet. Um das zu erklären, schicke ich meine Lebensbeichte voraus.

Ich bin Frauenärztin Dr. Rebecca Leharte und in meiner Praxis und im Einsatzfall an Bereitschaftswochenenden die weißbekittelte Unnahbarkeit in Person. Vor allem darf ich keine emotionsgeschüttelte Weiblichkeit 'raushängen lassen, denn der brächten meine Patientinnen kaum Respekt und Vertrauen entgegen. Deswegen auch meine Sorge, dass mich eine der Bedienungen im Festzelt der Speeders erkennt, denn die Damen des Puffs ‚Sanssouci' unterliegen alle meiner medizinischen Obhut.

Zufällig tauchte Angelika, die mir Samstag mein Bier gebracht hatte, am folgenden Montag in meinem Heiligtum auf. Ich verschrieb ihr die gewünschten Pillen und musterte sie aufmerksam. Ich hatte mit meinem Spankingopfer am Vortag für wahrlich genug Aufsehen gesorgt, um allen Anwesenden in Erinnerung zu bleiben. Aber ich erkannte in ihren Reaktionen nichts oder das Luder besaß eine übermenschliche Selbstbeherrschung, um sie zu verbergen.

Nein, das ist undenkbar, urteilte ich im Stillen. Frau Doktor und Rockerbraut sind einfach nicht in Übereinstimmung zu bringen, auch wenn Gesicht und Stimme identisch sein mögen. Vermutlich brauche ich in Zukunft überhaupt keine Sorge mehr zu tragen, inkognito herumlaufen zu müssen; das würde meine künftige Teilnahme am Speederfestival vereinfachen.

Ich hatte auf meine saloppe Art im ersten Teil angedeutet, dass ich gelegentlichen Abenteuern keineswegs abhold bin. Eine feste Beziehung ging ich bisher nie ein und gebe zu, dass ich davor ziemliche Furcht empfinde. Es soll tunlichst auch keiner meiner zweibeinigen und fünfgliedrigen Abenteuer erfahren, wer ich bin und wo ich wohne. Den Schädel zähle ich nicht als Extremität.

Für die Abenteuer ist die Jagdhütte da, auch wenn die einzige Aktivität, die die Assoziation zu dieser Bezeichnung rechtfertigt, die Jagd um den Esstisch ist, bis mein Opfer mich einfängt.

Im Augenblick bin ich mit Sid unterwegs. Als Chef einer Motorradgang versucht er, den Ungehobelten und Grobmotoriker zu spielen. Das gelingt ihm allerdings nicht, denn aus seinem Inneren heraus ist er das Gegenteil. Was nicht heißt, dass er's nicht ab und zu hart mit mir treibt.

Unsere Maschinen standen im Schuppen und wir hatten es uns bei einem Bier gemütlich gemacht, denn heute wollte Sid sicher noch etwas besteigen, aber kein technisches Artefakt mehr.

„Sag' mal, Puppe", begann er. Ich lächelte. Ein weiterer Versuch, sich als Gangster zu geben, obwohl er mich stets Rebecca nennt, wenn er nicht aufpasst. „Was, Süßer?" fragte ich. „Wir bewegen uns zu wenig. Wollen wir nicht ein bisschen Gymnastik treiben?" An sich war klar, was er meinte, denn Fitnessgeräte finden sich in meiner Hütte keine, sodass uns nur wir selbst als Sparringpartner bleiben. Wir hatten uns der schweren Lederkluft entledigt und saßen in kurzen Jeans um meinen Tisch herum.

Ich erhob mich, stellte mich vor Sid und kreiste langsam um meine eigene Achse. „Gefällt's dem Herrn?" „Hm-m." Ich bin als Geizkragen verschrieen und hatte bei meinen Jeans sowohl unten als auch im Beckenbereich sehr an Stoff gespart, sodass meine Formvollendung gut zur Geltung kommt. Ich drehte mich ein zweites Mal und als ich Sid dabei meine Kehrseite zuwandte, knallte er mir mit voller Kraft einen hinten drauf.

„He!" rief ich mit vorgetäuschter Empörung und tat, als wollte ich fliehen. Dadurch zwang ich Sid, aufzustehen und mir zu folgen. Wir jagten uns einige Male um den Tisch herum, wobei ich entweder ihn einholte und ihm einen draufgab oder mich zurückfallen ließ und meinerseits Revanche erfuhr. Nach einer Weile ergriff er mich und sagte triumphierend: „Hab' ich dich!" „So siehst du aus."

Ich wehrte mich gegen Sids Umklammerung, achtete aber darauf, dass ich mich nicht versehentlich losriss und er achtete darauf, dass er mir nicht wehtat, wenn er mich festhielt. Nach einer Weile drückte er meinen Oberkörper über den Tisch, sodass ihm mein Gesäß in voller Breitseite entgegenlachte. „So, meine Liebe, jetzt gibt's die verdiente

Tracht Prügel." Als die ersten Schläge auf mein Ausstellungsstück einprasselten, jammerte ich ein bisschen, verlor aber bald die Lust daran und ließ Sid machen.

Ich kam ins Grübeln. Warum ist bei uns Frauen alles so kompliziert? Manche sind frigide und haben die größten Probleme, sich überhaupt einem Mann hinzugegeben. Das ist solange ohne Auswirkung, solange sie auf Kinder verzichten. Die meisten sind ‚normal‘, aber extrem heikel mit Stimmungen und Atmosphäre, brauchen Kerzenlicht oder völlige Dunkelheit oder eine spezielle Musik, die vielleicht dem Mann nicht behagt. Eine weitere Spezies sind die, die durch männliche Anwesenheit bei ‚Kommen‘ geradezu gestört werden. Sie sind in der Lage, sich im Sitzen durch Zusammenpressen ihrer Schenkel jederzeit einen 'runterzuholen, sei es auf der Schulbank oder in der Straßenbahn, ohne dass es ihrer Umgebung auffällt. Mir sind zwei derartige Fälle bekannt. Einen Vorteil haben diese Frauen: Den Mann brauchen sie nicht, sind aber mittels Selbststimulation in der Lage, sich innerhalb von Sekunden anzufeuchten und ihm die Illusion zu schenken, er wäre der Verursacher.

Und dann gibt es Fälle wie mich. Auch früher hatte der eine oder andere Typ mir einen Kräftigen hinten drauf gegeben, den ich kommentar-, aber auch reaktionslos hingenommen hatte, aber seit dem Speederfestival geht es nur noch mit Spanking – nur wenn mein Arsch glüht, reagiert meine sensitive Vorderseite. Ich weiß, dass erstaunlich viele Frauen – deutlich mehr als Männer – auf Spanking abfahren, weiß aber nicht, ob es für ihren Orgasmus notwendig ist. Wäre mal wieder ein Thema für eine Doktorarbeit, fuhr es mir durch den Kopf, aber ich hab‘ ja schon einen Titel.

Welcher Atavismus mag unserer Freude am Bestraftwerden Vorschub leisten? Die Schwülstigkeit des Objekts, das sogar mich verlockt, ab und zu einer Geschlechtsgenossin einen zu verpassen? Es gibt jede Menge Frauen, die sich nur von Ihresgleichen bedienen lassen, obwohl sie keineswegs lesbisch sind. Noch 'ne Doktorarbeit…?

„He", wies mich Sid zurecht, „ich verlange mehr Aufmerk-samkeit!" Richtig, ein Mann müht sich mit meinem Hinterteil ab und ich beachte ihn nicht. Das geht natürlich gar nicht, obwohl ich dank meines Gedankenkarussels buchstäblich nichts gespürt habe. Und jetzt? Naja, ein bisschen kribbelt es, aber so richtig....

„Entschuldige", brachte ich heraus, „ich war wirklich abge-lenkt. Du darfst mich bestrafen. Siehst du da hinten die Haarbürste? Nimm die!"

Jaaa! Jetzt brannte es richtig und ich merkte, dass meine Muschi nach Fütterung lechzte. Ich tat Sid den Gefallen, bei jedem Treffer zu zucken und „au!" zu rufen, aber sofort ein „danke" hinterherzuschieben, damit der arme Kerl keine Angst bekam.

Nach einer Weile erlahmte der arme Kerl und ich merkte, dass er nachzuholen versuchte, was er zu Beginn unseres Ringelpiez' versäumt hatte: Das Untergeschoss zu entblö-ßen, damit er gleich....

Nun waren es die männlichen Schwierigkeiten, die mich amüsierten. Zunächst musste er sich selbst ohne Havarie aktionsfähig machen. Als Zweites galt es mir die knacken-gen Jeans und den Slip in die Kniekehle schieben. Dann begann mein Part, indem ich Jeans und Slip zu Boden gleiten ließ und die Beine öffnete. Nun erst machte es Sinn, dass er seinen Ständer auf die Öffnung zulenkte, die bereits sehnsüchtig auf ihn wartete. Ich hoffte allem Amüsement zum Trotz, dass er – Sid oder der Ständer oder beide – nicht unterwegs schlappmachte oder schlapp-machten und meine Muschi ihr Futter verpasste – die männliche Erregung ist den üblichen Annahmen zum Trotz eine heikle Angelegenheit und es kann passieren, dass sie sich bei zu vielen Hindernissen schlagartig abbaut. Vielleicht gäbe es doch einen Grund, die Fachrichtung ‚Männerarzt' einzuführen.

Zum Glück erwies sich mein dunkelrosa gefärbter, heißer Po als ausreichend motivierende Anlehnfläche für einige heftige Stöße, sodass unser Flüssigkeitsaustausch wie vorgesehen ablief. Die Jagdhütte hatte wieder einmal ihre Schuldigkeit getan.

•

In der Nähe meiner Praxis reicht mir ein komfortables Appartement für das tägliche Auskommen, denn allzuviel halte ich mich darin nicht auf. Heute genoss ich ausnahmsweise einen romantischen Feierabend mit Iron Maiden und Motörhead und überlegte, welche Szenarien mich außer Spanking anmachen könnten.

Ein Minirock gehört in die Liste der Accessoires, das war von vornherein klar. Ein richtig enger...? Nein, keinen hinten drauf! Also ein weiter, glockiger. Den halben Oberschenkel sollte er bedecken, denn zu früh darf kein Geheimnis gelüftet werden.

Ich stellte mich fahrradfahrend vor, denn dabei könnte der Fahrtwind gute Dienste leisten. Zumindest die Männer sollten sich veranlasst fühlen, unauffällig hinzugucken. Aber wie sollten sie mit mir in Kontakt treten? Wenige Sekunden und ich wäre vorbei. Und allein das Bad in lüsternen Blicken reicht nicht zur Lustbefriedigung.

Ich rieb sachte an mir und versuchte mir vorzustellen, dass mir ein Typ drunterguckte. Vielversprechend! Nach einigen Versuchen juckte es tatsächlich und meine Vagina meldete Flüssigkeitsproduktion. Ein richtiger Orgasmus war's nicht, aber der virtuelle Typ könnte wenigstens zu mir 'rein.

Wie beginnen? Mich breitbeinig auf die Wiese zu drapieren würde öffentliches Ärgernis erregen. Ich müsste einen erhöhten Standpunkt einnehmen. Eine Brüstung...; die Rheinpromenade!

Die Rheinpromenade besteht aus zwei Etagen, deren obere in Kopfhöhe der unteren ansetzt. Für Frauen in Röcken artet das leicht in ein Ärgernis aus, denn immer schon lungern unten Männer aller Altersklassen herum, um

100

anregende Einblicke unter offenherzige Verhüllungen zu erhaschen, wenn sich deren Trägerinnen zu nahe an die Balustrade wagen. Diese geht bis Bauchnabelhöhe und besteht aus weit auseinander angebrachten Metallstäben, die jeder Durchsicht freie Bahn gewähren.

Ich lehnte mich lässig auf das Geländer und tat, als betrachtete ich versonnen die andere Rheinseite. In Wirklichkeit musterte ich das typisch reichhaltige Angebot eines sonnigen Tages unter mir. Ein heterogener Haufen von Kerlen tat, als täte er es mir gleich, aber immer wieder verirrte sich das eine oder andere Sehorgan nach hinten in nördliche Richtung, um mein Verhalten zu registrieren. Ich aalte mich in dem Interesse, das ich auf mich zog. Probehalber öffnete ich leicht meine Schenkel, die sich bisher in militärisch geschlossener Formation zurückgehalten hatten, und wartete auf das Kommende.

Ein Typ stellte sich neben mich und lehnte in der gleichen Pose auf das Geländer wie ich. „Schöne Aussicht", bemerkte er. Ich schenkte ihm einen prüfenden Seitenblick und entschloss mich zu einer Art Antwort: „Hm-m." Doch, der Typ hatte sich gerade unten aufgehalten; sein auffälliges T-Shirt mit dem Aufdruck ‚Sabaton' flanierte hier sonst nirgends herum. Er sah sauber und gepflegt aus und schien trotz erklärter Zugehörigkeit zur Metallerszene eher ein biederer Zeitgenosse zu sein.

Ich trat einen Schritt zurück und er richtete sich auf. Ich stolzierte langsam Richtung Buschwerk und er schützte vor, zufällig dieselbe einschlagen zu müssen. „Wie heißt du?" murmelte ich zwischen den Zähnen. Er hatte ein gutes Gehör und murmelte seinerseits: „Hugo. Und du?" „Rebecca."

Wir hatten das Gebüsch erreicht. Ohne Hugo anzusehen fragte ich die Vögel: „Wie heißt der bekannte Spruch?" „Welcher?" „Wo ein Wille ist…." „Ist auch ein…?" „Gebüsch, richtig." Ich drang immer tiefer zwischen die Äste, wobei ich aufpasste, nicht in die Rückstände derer zu treten, die ein menschliches Bedürfnis hier herein geführt hatte. Von rechts erklang leises Stöhnen; aha, zwei, die gerade das durchführten, was ich hier provozierte.

Ich wandte mich nach links in eine Region, die offenbar unbesetzt war, und horchte in mich hinein. Doch, liebe Freundin zwischen den Beinen, du machst dich gut. Sie kribbelte schon ein wenig.

Ich spürte eine Hand auf meiner Taille. „Wart' mal." „Musst du dir die Schuhe zubinden?" „Sowas ähnliches." Ich bückte mich, erwiderte: „Meine sind in Ordnung" und verharrte in der Bückpose. Ich fühlte Hände an meiner Hose. „Die ist zum Aufknöpfen", zischte ich und spürte unmittelbar darauf Entspannung. Ich öffnete mich und stützte mich auf meine Oberschenkel ab. Gleichzeitig mit dem Eindringen eines heißen, harten Kolbens in meine Vagina packten mich zwei Hände fest an den Hüften, damit ich kein Übergewicht nach vorn bekam. Du weißt, was zu tun ist, lieber Hugo, dachte ich, während mich zu meiner Freude ein Orgasmus schüttelte. Ich hütete mich, jubilierende Schreie auszustoßen, und genoss meinen Triumph im Stillen.

Dann vernahm ich ein Rascheln und alles war vorbei. Ich richtete mich auf, knöpfte mein Höschen im Schritt wieder zu und sah mich um. Ich fand mich allein. Ich musste mich beherrschen, nicht laut aufzulachen. Bist du ein Profi, lieber Hugo, und stimmt der Name überhaupt?

Ich erinnerte mich an einen Witz, den ich vor langer Zeit einmal gelesen hatte. „Wissen Sie wenigstens den Namen des Vaters?" fragt der Richter. „Nee, Herr Richter, so intim war'n mer nich." Bevor ich mich durch das Gestrüpp zurück auf die menschenüberflutete Promenade wagte, tupfte ich vorsichtshalber die diversen Flüssigkeiten aus meinem Flachbereich – nicht, dass das Zeug in aller Öffentlichkeit zutage träte. Das Papiertaschentuch…, ach was, weg mit den Skrupeln! Es lagen so viele davon in benutztem Zustand hier herum, dass ich meins bedenkenlos hinzufügte.

Ich hätte vielleicht Wilhelma sagen sollen, als ich fraglichem Hugo Rede und Antwort stand. Naja, Rebeccas gibt's viele und der Typ sucht garantiert nicht nach mir. Er hat einmal abladen dürfen und das wird ihm langen. Morgen sucht er die nächste Dumme.

So dumm kam ich mir gar nicht vor, denn mein wissenschaftlicher Test war von Erfolg gekrönt gewesen. Ich habe mich vom Spanking emanzipiert, kann mich einem Mann ohne große oder kleine Perversion hingeben und werde meinen Spaß dabei haben, lautet sein Ergebnis. Schließlich habe ich die 30 überschritten und sollte langsam anfangen, ein bisschen schwanger zu werden, sofern es mit Nachwuchs überhaupt einmal etwas werden sollte.

Was stelle ich für Ansprüche? Nicht allzu hohe, denn auf einen Märchenprinz zu warten bedeutet häufig, mit 80 noch Jungfrau zu sein. Gut, dieses Schicksal droht mir nicht, aber in Irrlichterei bezüglich Liebe sollen meine künftigen Tage nicht ausarten.

An einem Brunnen wusch ich mir die Hände. Ich habe ja 'was zu bieten, lieber virtueller Mann, dachte ich in wiedererwachendem Selbstbewusstsein, und nicht nur Koch- und Strickkünste. ,Normalen' Sex nach Belieben und wenn du mal einen gelutscht bekommen möchtest, liegt das auch drin.

Los, Jungs, beweist Mut und outet euch!

●

Der Mensch findet nur, wenn er nicht sucht. Eine Lebensweisheit, die sich im Umkehrschluss im Bonmot ,wie die Jungfrau zum Kind' niederschlägt.

Ich suchte ausdrücklich keinen Märchenprinz, aber auch bei bescheidenen Ansprüchen backen sich Männer nicht von selbst. Hatte ich mir einen ausgeguckt, erschrak er und verzog sich in Windeseile, denn Mann-sein ist heute vom Strafgesetz verboten und wenn eine Frau von sich aus ermutigende Signale sendet, kann sie nur Böses wie

Anzeige und Genugtuungszahlungen im Schilde führen, scheint die allgemeine Ansicht zu sein.

Es erwies sich als einfacher, Rehe im Wald anzulocken und aus der Hand zu füttern als einen ernstzunehmenden Mann zu binden. Kein Witz, ich hab's an einem Wintertag erfolgreich versucht – das Rehe Füttern, meine ich.

Sid hatte irgendwann spitzgekriegt, dass ich eine Frau Doktor bin, und die Finger von mir gelassen. Nun ist er mit einer Tussi unterwegs, die Vorarbeiterin in einer Schokoladenfabrik spielt und ihm das Gefühl verschafft, der Überlegene zu sein. Er braucht's wohl so. Ich hoffe für ihn, dass auch sie sich ganz gern den Arsch versohlen lässt.

Bis tief in den Herbst hinein unternahm ich mit den Speeders ausgedehnte Motorradausflüge in die Eifel und den Hunsrück, aber ab November war Langeweile angesagt, nicht zuletzt, weil unsere Maschinen während des Winters abgemeldet sind und die Männerbäckerei geschlossen hat. Da rief sich aus heiterem Himmel ein Projekt in meine Erinnerung zurück, das ich seit Jahren auf die lange Bank schiebe und für das die kalte Jahreszeit ideal ist: Die Besteigung des Kilimanjaro.

Ich studierte die Angebote diverser Reiseveranstalter, fand aber keinen Schlüssel, deren Bewertungen zu bewerten. Von meiner Patientin Vivian wusste ich, dass sie die Tour vor einigen Jahren durchgezogen hatte, und fragte sie nach ihren Erfahrungen.

„Die letzte Scheiße", erklärte sie rundheraus, „erst hatten sie zwei Gruppen zusammengelegt, weil bei beiden so viele Absagen 'reingeregnet waren, dass es für zwei Aufstiege nicht gereicht hätte. Zum Schluss pilgerten wir mit 13 Mann – also Mann und Frau – hoch. Das wäre nicht schlimm gewesen. Schlimm war, dass unser Reiseleiter den sportlichen Ehrgeiz entwickelt hatte, dass seine Gruppe – also wir – am schnellsten oben sein müssten. Tatsächlich waren wir – von drei Ausfällen abgesehen – in Rekordzeit oben und auch wieder unten, nachdem auf dem Gipfel das obligatorische Erfolgsfoto geschossen war. Das hatte überhaupt nicht in meiner Absicht gelegen, denn ich hatte etwas sehen und die Bergwelt genießen wollen.

Der Falk war schon ein rechtes Arschloch."

Die Aussage gab mir natürlich zu denken. Ich studierte im Internet das Angebot einheimischer tour operators und fand zwei mit recht vielen Sternen. Erstaunlicherweise waren sie in Arusha angesiedelt, obwohl Moshi näher am Berg liegt.

Auf gut Glück buchte ich einen Flug, landete auf dem Kilimanjaro Airport zwischen den beiden Städten, nahm ein Taxi nach Arusha und ließ mich vor dem Hotel absetzen, unter dessen Dach einer der Veranstalter residierte.

Den Kilimanjaro hatte ich nicht auf dem Radarschirm gehabt, bis ich Tibet besuchte und auf der Rundfahrt bis ins Chomolungma-Basislager vorgedrungen war, nachdem ich zuvor den 5.248 Meter hohen Gatsala-Pass überquert hatte. Die beiden Übernachtungen in 5.050 Metern Höhe beeinträchtigten mein Wohlbefinden nicht und als am Morgen meines ersten Aufenthaltstags der Chomolungma, wie der Mount Everest auf Tibetisch heißt, bei strahlendem Sonnenschein und glasklarer Sicht vor meinem Sensor posierte, fühlte ich mich zu Höherem berufen. Den Mount Everest zu bezwingen empfand ich als drei Nummern zu groß, aber den 5.895 Meter hohen Kilimanjaro, den höchsten Berg Afrikas, fühlte ich mich zu schaffen befähigt, auch wenn ich nicht Evelyne Binsack oder Gerlinde Kaltenbrunner heiße.

Nun war ich mit Tom, dem Eigentümer und Geschäftsführer der Tanzania Mountain Tours in Verhandlung. Ich hatte ein spezielles Anliegen. Bis zum Lava Tower würde ich über das Machame und Shira Camp der Machame Route folgen, die angeblich auf Grund ihres Schwierigkeitsgrads Whiskey Route genannt wird. Eher ein Gerücht dürfte sein, dass der dem bewussten Getränk zugetane Ernest Hemingway 1933 im Zuge seiner Großwildsafari, an der er im damaligen Tanganjika zusammen mit Baron Bror von

Blixen-Finnecke und Philip Percival teilnahm, auf diesem Weg den Berg erklommen habe. Ab dem Lava Tower läuft es sich relativ langwierig und bequem südlich des Kibogipfels entlang. Die einzige Kletterpassage erwartet Abenteurerin und Abenteurer hinter dem Barranco Camp in Gestalt der gleichnamigen Wand, die auch Frühstückswand heißt, weil sie unmittelbar nach dem Frühstück angegangen zu werden pflegt.

Aus zwei Gründen versuchte ich besagtes Camp zu meiden. Erstens ist es als Begegnungspunkt der Machame, Lemosho und Umbwe Route arg überlaufen und zweitens führt der Weg dorthin von meinem Ziel weg. Ich gedachte nämlich nicht ab dem Barafu Camp den mitternächtlichen Gewaltmarsch zum Gipfel in Angriff zu nehmen, sondern wollte über das Arrow Glacier Camp zum Crater Camp vorstoßen und dort, mitten im Krater, zwei Nächte zubringen, um wirklich etwas zu sehen.

Tom kratzte sich am Kinn. „Das wird sehr teuer, darling", meinte er, „denn ich muss Träger aufbieten, die diese Höhe bewältigen, und ein Plastikklo mitschleppen." Das Schöne am Crater Camp ist, dass es bereits auf 5.700 Metern Höhe liegt und von da nur noch knapp 200 Höhenmeter bis zum Gipfel fehlen, sodass genügt, morgens um Sechs aufzubrechen, um gegen Acht oben zu stehen. Das Plastikklo ist nötig, weil das Crater Camp gar kein Camp mit Infrastruktur, sondern Naturschutzgebiet ist, in dem nichts, auch keine menschlichen Fäkalien hinterlassen werden dürfen – eine Vorschrift, die ich vorbehaltlos unterstütze. Alle anderen Camps verfügen über rudimentäre sanitäre Einrichtungen. Rudimentär bedeutet Betonplatte mit einem Loch drin und einer Ummantelung drum herum, wie es im chinesischen Basislager auch der Fall war. Die höhentauglichen Träger wiederum sind nötig, weil diese üblicherweise bis zum ‚nur' auf 4.650 Metern Höhe gelegenen Barafu Camp steigen und sich von dort auf den Rückweg begeben.

„Außerdem", doppelte Tom nach, „ist die westliche Bruchkante unmittelbar hinter dem Arrow Glacier Camp alpin, das heißt deutlich kletterintensiver als die große Barranco-wand." Es gelang mir, Toms Bedenken zu zerstreuen. Da ich ab dem Lava Tower keine tiefere Region mehr erreichen würde, verpflichtete ich mich zu einem Zweitagesaufenthalt in jenem 4.430 Meter hohen Turm, um mich zu akklimatisieren, und rückte vier Bündel mit je zehn Hundertdollar-noten heraus. Hier gilt anzumerken, dass Toms Sorgen nicht gespielt waren – sollte eine ihm anvertraute Touristin zu Tode kommen, stünde ihm reichlich Ärger ins Haus. Darüber hinaus bin ich überzeugt, dass ihm auch menschlich am Wohlbefinden seiner Gäste gelegen ist.

Einen weiteren Umstand gilt es zu kommentieren, nämlich die Mitnahme von mehreren tausend Dollar in bar. In Deutschland täte ich das aus Sicherheitsgründen kaum, aber in Tansania außerhalb Dar-es-Salaams wog ich mich in der Sicherheit, bestimmt keinem Raubüberfall zum Opfer zu fallen. Wie sich in der Folge zeigen sollte, bestand dieses Sicherheitsgefühl zu Recht.

Statt um acht ging es erst um neun Uhr morgens los, denn ich befand mich in Afrika. Ich übergehe die endlosen Formalitäten am Machame Gate, die dankenswerterweise mein Führer Stanley übernahm, während ich das ultimative WC für die nächsten elf Tage frequentierte. Ebenso über-gehe ich den ersten Wandertag, da der Weg bis zum Machane Camp dem Wanderer bis auf das letzte Stück lediglich moderate Anstrengung abverlangt und ihm gestat-tet, die Vegetation zu genießen, die zu Beginn aus Farnen und dem endemischen rot-orangenen Springkraut und weiter oben aus Erica-Baumgewächsen inmitten einer mystischen, unwirklich anmutenden Moorlandschaft be-steht.

Soweit alles bestens. Die Bank, auf die ich mich nach An-kunft im Camp setzte, stand irgendwie schief in der Land-schaft. Um es vorweg zu nehmen: Das Angenehmste nach Rückkehr zum Mweka Gate war neben einer Büchse Bier – am Kilimanjaro herrscht nach bitteren Erfahrungen der Nationalparkbehörde TANAPA striktes Alkoholverbot – der waagrechte Untergrund. Unterwegs sollte sich das Credo Friedensreich Hundertwassers – die Natur kennt keine ebenen Flächen – täglich beweisen.

Es gelang mir am ersten gemeinsamen Abend, die Namen sämtlicher Träger und des Kochs zu verinnerlichen, denn ich halte es für das Mindestmaß an Höflichkeit, jeden Beteiligten ansprechen zu können. Außerdem gelang mir, den Koch von der Zubereitung des lunchs, des Mittagsmahls für mich abzubringen, denn mit vollem Ranzen bin ich kaum zu körperlichen Anstrengungen fähig. Dass sich das bewährte, nehme ich an dieser Stelle ebenfalls vorweg, denn das häufig in großen Höhen ausbleibende Hungergefühl umging ich abends auf diese Weise geschickt. Ich hatte bereits gegen die ernsten Empfehlungen meiner Betreuer davon abgesehen, mich mit Energieriegeln einzudecken, denn die beschäftigen den Magen-/Darmtrakt dermaßen, dass für den Vortrieb nicht mehr viel Energie übrig bleibt. Mir ist ein Rätsel, was die ewigen Ermahnungen sogenannter Profis sollen, unterwegs ununterbrochen zu essen.

Ebenso trinke ich nicht prophylaktisch literweise Wasser. Wenn es in mir gluckert, artet bereits das Erklimmen eines Podests in Strapaze aus; darüber hinaus müsste ich dann dauernd pinkeln. Spüre ich Flüssigkeitsmangel, setze ich selbstverständlich die Flasche an. Das ernsthafte Bedürfnis verhindert erfolgreich ständigen Harndrang.

Auf diese Weise körperlich und mental gerüstet startete ich frohgemut den zweiten Tag ‚am Berg'. Bevor es losging, genoss ich die atemberaubende Sicht auf die Kibospitze, den höchsten Gipfel des Kilimanjaro. Atemberaubende Sicht am frühen Morgen kündigt leider Regen für den Nachmittag an, der sich auch pünktlich einstellte. Mit pünktlich meine ich während der Passage über jene moosüberwucherten Felsformationen, die auch ohne Segen von oben rutschig sind. Wenigstens herrschte kein Nebel, sodass mir die Riesenkreuzkräuter, Lobelien und Wolfsmilchgewächse, die charakteristischsten Gewächse an den Kilimanjaro-Hängen, zu bewundern und auf meinem Sensor zu verewigen vergönnt war.

Da es am Abend nicht aufklarte, verschob ich meine Besichtigung von Kathedrale, Nadel und Hügel auf den kommenden Morgen, der sich wiederum von seiner besten Seite zeigte. Das Shira Camp befindet sich bereits auf 3.845 Höhenmetern, aber ich verzichtete darauf, in mich ‚hineinzuhören'. Die Anfahrt zum Mount Everest-Basislager war damals im Jeep geschehen und meine Führer hätten mich, wären Symptome eines Ödems aufgetreten, schleunigst wieder nach Shigatse zurück spedieren müssen. Nun, da ich wusste, dass ich bis 5.000 Meter problemlos verkrafte, verschob ich diesbezügliche Sorgen auf das Crater Camp – oder auf den Sankt Nimmerleinstag, um der Wahrheit die Ehre zu geben.

Am nächsten Tag ging es über schwarze Lavafelder zum gleichnamigen Turm. Kurz davor zweigt der Weg zur westlichen Bruchkante, dem Western Breach ab, aber den würde ich erst übermorgen einschlagen dürfen – darauf hatte Tom bestanden und Stanley angewiesen, strikt auf meine Akklimatisierung zu achten.

Da es bis hierher nur eine halbe Tagesetappe ist, war für den Rest des Tages Ausruhen angesagt. Stolz war ich darauf, dass es die Träger nicht geschafft hatten, uns einzuholen. Während ich ihnen beim Zeltaufbau zusah, füllte sich das Lager nach und nach. Eine Gruppe von zehn Personen bestand aus Deutschen, mit denen ich bereits das Shira Camp geteilt hatte, ohne sie zu beachten. Einer von ihnen setzte sich recht nah neben mich, da ich eine leidlich bequeme Felsbank gefunden hatte. „Ich darf doch?" fragte er höflichkeitshalber. „Sicher."

Ein Mann kam auf ihn zu. „Keine Müdigkeit vorschützen, Carsten", befahl er, „es geht gleich weiter." „Jaja, schon gut, Falk", brummte Carsten, „eine halbe Stunde sollte doch zum Schauen drin liegen." „Nichts da, wenn wir uns beeilen, schaffen wir's bis halb Vier zum Barranco Camp." „Und wozu? Dann waren wir die Schnellsten, langweilen

109

uns dort bis zum Abendessen und haben nichts gesehen." „Verdammt nochmal, das ist doch keine sportliche Einstellung. Kneif' jetzt die Arschbacken zusammen!"

Falk? Hatte nicht Vivian von einem Arschloch dieses Namens erzählt, der seine Gruppe auf den Gipfel gejagt hatte, ohne auf deren Befindlichkeiten Rücksicht zu nehmen? Sicher, er hatte Falk geheißen.

„Hör' mal", wandte ich mich an Carsten, „willst du nicht mit mir und meinem Führer das Reststück zurücklegen? Wir bleiben bestimmt noch zwei Stunden hier." Zwei Tage wäre korrekt gewesen, aber ich fühlte mich in diesem Augenblick als Samariterin, die den bedauernswerten Carsten aus den Fängen dieses Leuteschinders zu entreißen als ihre Aufgabe betrachtete. „Geht das denn?" Falk sah mich an wie einen feindlichen Krieger. „Wer ist dein Führer?" „Stanley Maliki." „Hm, einer der besten am Berg."

Stanley hatte seinen Namen gehört und näherte sich. „Worum geht's?" „Können wir eine weitere Person in meine Gruppe aufnehmen?" Stanley wusste zunächst nicht, was er darauf antworten sollte, aber ich nickte ihm unmerklich zu. „Schon. Den jungen Mann hier?" Carsten wurde rot. „Ja." „Wird wohl gehen. Willst du mit Tom reden?" Mir war klar, dass das zwar ginge, aber Aufpreis kosten würde. Ich entfernte mich mit Stanleys Mobiltelefon und sagte Tom zu, für alle weiteren Aufwände geradezustehen.

Als ich zurückkam, war Falk mit seiner Turbotruppe bereits weitergezogen. Carsten sah mich fassungslos an. „Weißt du", erklärte ich unter Zuhilfenahme einer Notlüge, „ich kenne Falk und weiß, dass er ein Arschloch ist. Ein kleines Schnippchen wollte ich ihm einmal schlagen.

Hör' mal, ich habe nicht die Wahrheit gesagt." Erschrocken sah Carsten mich an. „Inwiefern?" „Ich bleibe hier nicht zwei Stunden, sondern zwei Tage, weil ich ab hier über das Glacier Arrow Camp zum Crater Camp gehe, dort zwei weitere Tage bleibe und dann erst zum Gipfel mache." Der Schreck war Entsetzen gewichen. „Und…, und ich?" „Stanley führt dich nachher zum Barranco Camp und kommt morgen früh zurück. Vorerst brauche ich ihn ja nicht." „Das...; das ist aber mehr als nett." „Ich wollte einfach dem blöden Falk einen Arschtritt versetzen.

Was schaust du so versonnen?" Carsten ruderte in die Wirklichkeit zurück. „Crater Camp. Was für ein Traum. Leider unbezahlbar. Ich habe für meinen jetzigen Trek schon ein paar Jahre auf alles verzichten müssen." „Was bist du denn von Beruf?" „Autoschlosser. Ein guter, wie ich mir einbilde. Und du?" Um Himmels Willen, durchfuhr es mich, sag' jetzt bloß nicht, dass du Frau Doktor bist – da wäre er gleich verscheucht. „Krankenschwester." „Ah, super." „Danke; manchmal ist das ganz nützlich. Ich heiße übrigens Rebecca und habe eine Idee." Ich winkte Stanley herbei. „Stanley, können wir Carsten mitnehmen – bis zum Schluss, meine ich?" „Wir haben nur Wasser und Essen für dich und uns dabei. Allerdings...." „Was?" „Ich könnte Tambo ins Barranco Camp schicken, der dort alles, was für Carsten vorgesehen ist, holt und herbringt. Mit einem Zelt dürfte es schwierig werden, denn Gruppen wie seine haben solche für mehrere Personen dabei." „Zelt braucht's nicht. Meines ist geräumig genug." „Okay. Er muss natürlich eine Erklärung von Carsten vorlegen, dass alles mit rechten Dingen zugeht." „Stanley, du bist ein Schatz! Wir erledigen alles sofort."

Carsten sah fassungslos zu, wie ich einen Wisch entwarf, den ich ihn zu unterschreiben hieß. Er hatte nicht im Detail verstanden, was ich mit Stanley besprochen hatte, denn sein Englisch war schlecht. Vielleicht ist es besser so, durchfuhr es mich.

Wer wie Carstens Gruppe vom Lava Tower zum Barranco Camp weitermarschiert, hat unmittelbar dahinter die einzige Abstiegs-Kletterpartie zu bewältigen, die eine Kilimanjaro-Besteigung abfordert. Da es gestern geregnet hatte, vermittelte sie uns das Gefühl, in einem Wasserfall hinunter- und wieder hochzusteigen. Diese zusätzliche Pflicht hatte ich Carsten verordnet, um ihn von meiner Überrumpelung abzulenken. Kletterpartie am Kili bedeutet übrigens nicht, dass Pickel und Seilschaft nötig sind, sondern lediglich, dass man die Hände zusätzlich braucht, um nicht abzustürzen. Hinter dem ‚Wasserfall' hätte es Carsten bequem gehabt, denn der Pfad durch das Barrancotal zum gleichnamigen Lager verläuft beinahe eben. Mit mir musste er leider wieder hoch.

Im Lavaturm geht's unterhaltsam zu und wir hatten keine Langeweile. Der einzige Nachteil des Standorts besteht darin, dass er keine Aussicht bietet.

Im Zelt benahm sich Carsten kavaliermäßig. Er bemühte sich, mich so wenig wie möglich zu inkommodieren. Wenigstens beim Abendessen wurde er gesprächig.

Den Folgetag verfaulenzten wir, abgesehen davon, dass Stanley über Tom und den deutschen Reiseveranstalter Carstens Übernachtungen und Flug umbuchten, denn meine Tour würde ja viel länger als seine ursprünglich vorgesehene dauern. „Sag' mal", fragte er, „ist das nicht alles viel teurer? Ich meine...." „Mach' dir darüber keine Gedanken. Meine Tour ist bezahlt und ob einer oder zwei hochstolpern bleibt sich gleich." Oje, liebe Rebecca, wenn jede Lüge während der vergangenen Stunden eine Tracht Prügel nach sich zöge, wäre dir für mehrere Wochen das Sitzen verwehrt.

Die Distanz vom Lava Tower zum Glacier Arrow Camp beträgt lediglich 2¾ Kilometer und auch der Höhengewinn ist nicht der Rede wert, sodass dieser Wander- als weiterer Erholungstag durchgeht. Vom Lager aus ist bereits der Western Breach zu erkennen, der uns morgen eine beachtliche Kraxelei bescheren würde.

Bis zum Gletscherlager hatte ich nicht die geringste Schwierigkeit mit meinem Körper. Zu meiner Freude stellte ich fest, dass auch Carsten nicht über das normale Maß hinaus beansprucht schien. „Hast du vor deinem Abflug ein Krafttraining durchgezogen?" fragte ich ihn. „Nein. Wieso?" „Du bist sehr fit." „Ich arbeite körperlich. Ab und zu bin ich gezwungen, das Rad eines SUVs zu stemmen. Was meinst du, was eine sogenannte Leichtmetallfelge wiegt?" „Ich glaube, ich will's nicht wissen.

Warst du schon einmal in diesen Höhen?" „Wie hätte ich? Ich habe ab und zu ein paar Alpenwanderungen durchgeführt, aber groß über 2½ tausend Meter kommst du da nicht hinaus. Wie hoch sind wir hier?" „Um die 4½. Du hast einfach Glück, dass deine roten Blutkörperchen mitmachen. Wäre das nicht der Fall, nützte dir auch die beste Kondition nichts – bei 3½ klapptest du besinnungslos zusammen und hier wärst du längst an einem Lungen- oder Gehirnödem verreckt. Deshalb meine Frage nach dem Krafttraining zu Hause. Das ist für den Kili nämlich völlig sinnlos." „Ah, ich höre die Krankenschwester."

Während dieser ruhigen Phase prüfte ich, wie sich Carsten unabhängig von unmittelbaren Überlebensfragen als Individuum darbot. Er hatte sich als biederer Handwerker vorgestellt. Einfaches Gemüt heißt nicht primitiv und jedem sich anschleichenden Dünkel verpasste ich sofort eine deftige Abfuhr. „Hast du eigentlich Abitur?" Die Frage vermochte ich dennoch nicht zu unterdrücken. „Nein, Realschulabschluss. Wie kommst du darauf?" „Weil du dich recht gewählt ausdrückst. Das setzt eine gewisse Bildung voraus." „Ich lese gern und traue mich mittlerweile auch an hochwertige Literatur 'ran. Bei Thomas Mann, Bertold Brecht und Max Frisch musste ich zu Beginn viel nachschlagen, aber inzwischen arbeite ich deren Bücher in einer Sitzung durch."

Der Aufstieg zum Krater ist nicht nur ausgesetzt und gefährlich, wenn die Angst überhandnimmt, sondern überschreitet erstmals deutlich die 5.000-Meter-Marke. Auch Stanley schnaufte und die Träger würden uns sicher nicht überholen. Als wir den vorgesehenen Lagerplatz erreichten, konnten wir nicht anders als uns erschöpft zu Boden sinken zu lassen und darauf zu warten, dass irgendwann die Zelte aufgebaut würden. „Hast du Kopfschmerzen, Carsten?" „Leichte. Und du?" „Zum Glück keine. Allerdings

keine Kraft mehr zu einem ausgedehnten Besichtigungs-
programm. Ich hoffe, wir haben morgen immer noch schönes Wetter."

Obwohl Mann und Frau dicht beieinander lagen, brachen
sich keinerlei erotische Gefühle Bahn. Einerseits unterscheiden sich die Geschlechter in strapazierfähiger, be-
quemer Funktionskleidung kaum voneinander und andererseits steht zur Körperpflege jeder Person abends eine
Schüssel heißes Wasser zur Verfügung. Von der täglichen
Dusche ist folglich keine Rede. Das vom Schweiß klatsch-
nasse T-Shirt ist am übernächsten Tag wieder angesagt,
denn ein Träger darf höchstens 15 Kilo touristischer Uten-
silien schleppen. Auch wir hatten unsere Last geschultert;
so wiegt ein Liter Wasser nun einmal ein Kilogramm. Dazu
addieren sich Kleider für den Tagesbedarf wie Pausen-
pullover und Regenjacke. Zu meiner Überraschung hatte
Carsten eine relativ wertvolle Kameraausrüstung dabei.
„Die habe ich mir vor Jahren vom Munde abgespart",
bekannte er, „weil mir das sehr wichtig war. Sie wurde
bisher auch gut genutzt, vor allem in den Alpen; der Trek
hier ist natürlich der Höhepunkt meines Lebens." Moderne
Systemkameras und deren Wechselobjektive wiegen zwar
dank ihrer halbierten Auflagemaße auch nur die Hälfte
einer früheren Spiegelreflexausrüstung, verlangen aber
auf Grund ihres immensen Strombedarfs das Mitführen
zusätzlicher elektrischer Kraftpakete. Am Kili gibt es
selbstredend nirgendwo Steckdosen.

Am nächsten Tag meinte es das Wetter immer noch gut
mit uns und wir selbst fühlten uns blendend. Wir nahmen
in Augenschein, wofür wir hier waren: Den Reuschkrater,
den Furtwänglergletscher und das immer noch oder besser
gesagt wieder gewaltige nördliche Eisfeld mit seinem
Sphinx. Um die Jahrtausendwende war vermutet worden,
dass der Kilimanjaro im Jahr 2020 völlig eisfrei sein würde;
aus unerfindlichen Gründen regenerierten sich jedoch die
Gletscher und heute sind sie beinahe so ansehnlich wie
zu Hemingways Zeiten. Zufrieden stellte ich fest, dass ich

meinen fünften Riesen keinem Unwürdigen geopfert hatte, denn Carsten vergaß mich beinahe, so motiviert kletterte er herum, fotografierte und erging sich in Begeisterungs-rufen.

Als wir am Abend vor der Gipfelerstürmung in unseren Schlafsäcken lagen, rekapitulierte ich, dass Carsten mich bisher nicht nur zufällig, sondern bewusst zu berühren ver-mieden hatte. Vielleicht stinke ich ihm wirklich zu arg, dachte ich, wusste aber, dass es sich dabei um eine Ausrede vor mir selbst handelte. Ich seufzte. Dreckskerle fallen ohne zu fragen über frau her und anständige Männer sind so anständig, dass sie sich überhaupt nichts trauen. Warum gibt es keinen Mittelweg? „Was seufzst du?" fragte Carsten. „Ich dachte gerade daran, dass wir morgen oben sind."

Die Träger packten die Ausrüstung zusammen. Sie würden unverzüglich ins Millennium Camp aufbrechen, in dem unsere finale Übernachtung am Berg vorgesehen war. Neben dem Wusch, ausgiebig den Krater zu erkunden, war mein Grauen vor der Mitternachtswanderung vom Barafu Camp zum Uhuru Peak der Hauptgrund gewesen, die ungewöhnliche Crater Camp Route zu wählen. So marschierte Stanley im Morgengrauen los, Carsten und mich im Schlepptau. Um Acht hatten wir das abschließende Wegstück gemeistert und erreichten das berühmte Holz-schild, das in gelber Schrift verkündet: *Congratulations. You are now at Uhuru Peak, Tanzania, 5895m. amsl., Afri-ca's highest point, world's highest free-standing mountain, one of world's largest volcanoes. Welcome.*

Die aufgehende Sonne stand hinter uns und der versierte Stanley fotografierte uns erst einzeln vor und hinter der Tafel, dann nebeneinander und dann mit einem Arm auf den Schultern der Begleitung. „And now", befahl Stanley, „kiss you!" Mir fiel das Herz buchstäblich in die Hose, als ich Carsten mein Gesicht zuwandte und den Mund spitzte. Das Wunder geschah: Carsten tat es mir gleich und ich spürte seine Lippen auf den meinen. Er hielt ein paar

Sekunden durch und streichelte sogar meine Wangen, was ich ihm unverzüglich vergalt. Als wir uns voneinander lösten, gab sich Stanley hingerissen: „Wonderful." Falls aus uns 'was werden sollte, dachte ich, könnten wir ein Leben lang davon zehren, dass wir uns auf dem Gipfel des Kilimanjaro das erste Mal geküsst haben.

Als wir uns auf den Rückweg begaben, kamen die ersten erschöpften Mitternachtswanderer vom Barafu Camp an. Wir blieben einige Erinnerungsminuten am 5.691 Meter hohen Gilman's Point, der dem Uhuru normalerweise vorgelagert ist und bereits als Gipfelbezwingung durchgeht, falls eine oder einer gar nicht mehr weiterkann, bevor wir uns an den endgültigen Abstieg machten. Wir hätten es heute ohne Weiteres zum Mweka Camp geschafft, aber das ist eng und überlaufen, sodass mir Tom das relativ neue Millennium Camp empfohlen hatte, das zwar noch oberhalb der Baumgrenze liegt und dem Wind ausgesetzt ist, aber reichlich Platz bietet. Wie sein Name sagt, war es um die Jahrtausendwende eingerichtet worden. Stanley hatte angesichts unserer schwindenden Vorräte dort Nachschub vom Dorf hinschaffen lassen, sodass wir an jenem Abschiedsabend am Berg geradezu lukullisch speisten.

Am Mweka Gate holte uns Tom in seinem Jeep ab, nachdem wir die ersehnten Trinkgelder verteilt hatten. Üblich sind für einen Träger 100 $, für den Koch 150 $ und für den Führer mindestens 200 $. Da ich Stanleys Obhut als überragend empfunden hatte, rückte ich deren 300 'raus.

Carsten hatte sich nach unserem Gipfelkuss wieder in sein Schneckenhaus zurückgezogen und nun lag es an mir, das scheue Reh erneut dazu zu bringen, mir aus der Hand zu naschen. „Wo hast du deine Sachen?" fragte ich ihn. „In der Meru View Lodge", antwortete er, „ab dort ist meine Pauschaltour gebucht." Alle Lodges und Hotels im Kilimanjarogebiet bewahren alles nicht für den Berg unbedingt notwendige Gepäck auf, sodass die Rückkehr zum Ausgangspunkt unvermeidlich ist. „Ich hab' mein Gelumpe im Golden Rose Hotel in Arusha", teilte ich ihm mit. „Vielleicht mache ich's mir in deiner Lodge ein paar Tage gemütlich. Dafür muss ich natürlich im Taxi zurück."

Zum Glück hatte Tom es sich nicht nehmen lassen, mich nach meinem Erfolg persönlich in Empfang zu nehmen. „Hör' mal", beschied ich ihm, „setz' erst Carsten in Usa River ab. Am liebsten bliebe ich hier, aber ich muss ja wegen meines Rucksacks nach Arusha zurück." Tom lächelte mich an. „Wenn's weiter nichts ist. Ich eise ihn aus dem Aufbewahrungsraum des Hotels los und lasse es herbringen. Das Geschäftliche regeln wir in der Lodge." „Tom, du bist ein Engel."

Nach einem fröhlichen Gruppenfoto, in das alle Beteiligten hineinwinkten, verabschiedete sich Tom mit seinen Leuten.

Der Zufall (?) wollte es, dass bis zum Abflugtag genau eine Hütte frei war, die Carsten und ich sofort stürmten. „Du duschst zuerst", bestimmte Carsten und ich war nicht geneigt, ihm zu widersprechen. Irgendwann war auch Carsten restauriert und wir saßen duftend und in frischen Klamotten auf der Terrasse – was für eine Wohltat!

„Wir haben eine Woche bis zur Abreise", sinnierte Carsten, „sollen wir die ganze Zeit hier 'rumhängen?" „Für eine Voll-safari Manyara, Ngorongoro und Serengeti langt die Zeit nicht", schlug ich vor, „aber am nördlichen Ende von Usa River lockt der Arusha Nationalpark; außerdem gibt es einen deutschen Piloten, der Rundflüge über den Kibo, Mawenzi und Meru anbietet. Der Samstagsmarkt von Usa River ist interessant und wir könnten eine Tour durch die Kaffeeplantagen buchen. Da würde ich mich entsprechend eindecken, denn der tansanische Kaffee ist der beste der Welt."

Carsten sah mir tief in die Augen. „Sag' mal, für wie naiv hältst du mich eigentlich?" „Wie meinst du das?" Meine Stimme klang schnippischer als ich beabsichtigt hatte. „Ich weiß, dass das alles ein Schweinegeld kostet. Ich will mich gar nicht darüber wundern, wo du es hernimmst – als

Krankenschwester, meine ich. Vielleicht hast du ja wohlhabende Eltern oder geerbt.

Wie dem auch sei: Für mich ist klar, dass ich mich bereits jetzt dir gegenüber auf Jahre hinaus verschuldet habe. Wenn ich alles mitmache, was du vorschlägst und was mich freuen würde, wie ich zugeben muss, müsste ich mich bei dir bis zur Rente als Sklave verdingen."

Nun war ich es, die Carsten tief in die Augen sah. „Du kannst alles ganz einfach abbezahlen." Ich spürte körperlich den Ruck, der Carsten durchfuhr. Endlich, endlich hatte er begriffen. „Die Laken sind frisch bezogen", murmelte ich, „wir sollten ein großes Handtuch drüberlegen." Carsten berührte sanft meine Arme, geleitete mich aus dem Korbsessel und führte mich wortlos in die Hütte, während er mich unablässig in die Halsbeuge küsste. Drinnen gestattete ich, dass er mir Kleidungsstück um Kleidungsstück vom Körper löste und nach dem Lösen die freigelegten Hautpartieen zärtlich streichelte und an ihnen leckte.

Endlich entblößte auch er sich. Ich drapierte mich malerisch auf den Rücken und verkündete: „Der Lustgarten ist ab sofort für den Publikumsverkehr geöffnet."

Kratzbürste Katharina

Ingo Stolzenberg musste sich eingestehen, dass er nervös war. Lampenfieber heißt das im Schauspielerjargon, obwohl er sich nicht zu den Schauspielern zählte. Heute war Premiere seiner Neuinszenierung, von deren Gelingen seine berufliche Zukunft als Regisseur abhing. Er hatte sich der Komödie ‚Der Widerspenstigen Zähmung' angenommen, die er, nicht als Erster, stark abgespeckt und modernisiert hatte. Zudem hatte er sie umbenannt, um Streit mit Kritikern oder gar Juristen wegen mangelnder Authentizität zu vermeiden. Die Aufführung war unter ‚Katharina, die Kratzbürste – frei nach William Shakespeare' für die Saison vorgesehen und vorbereitet.

Ein gelöstes Problem lockt ein anderes an die Oberfläche und das andere bereitete Ingo schweren Kummer. Der entsprang der Wahl der Hauptdarstellerinnen, die nicht die seiner, sondern der des Intendanten entsprach.

Ingo hatte sich vom Musikgeschäft zurückgezogen und war froh darum gewesen. Den Glauben, am Theater ginge es weniger turbulent zu, hatte er innerhalb kürzester Zeit begraben. Nun hatte er als Katharina und Bianca zwei überaus kapriziöse Damen, wie sich Zickigkeit vornehm umschreiben lässt, in seine Besetzung gedrückt bekommen.

Regina Königshoff, die einstige Schlagersängerin und heutige Rockröhre, hatte den Wunsch verspürt, einmal am Theater aufzutreten, und es ausgerechnet für angezeigt gehalten, die Katharina in besagtem Shakespeare'schen Machoklamauk unter der Führung ihres einstigen Produzenten zu verkörpern. Diesen Wunsch hatte auch Petra Molnow geäußert, die in der Hauptrolle der Carmen in Eike Haberstedts erfolgreichem Film alle möglichen Preise und auch gut klingende Münze eingeheimst hatte. Zu ihrem Ärger war sie vom Intendanten, der vor Reginas ungestümer Aggressivität kapituliert hatte, auf den zweiten Platz, den der Bianca verwiesen worden. Ihre sprichwörtliche

Sanftmut hatte sich zu aller Überraschung angesichts des Siegs ihrer Konkurrentin in eine schwelende Lunte verwandelt.

Das hatte bei den Proben permanent zu knisternder Luft geführt und das Arbeitsklima so vergiftet, dass sich Ingo entschloss, entgegen der Anweisung die Damen wechselweise einzusetzen. Für die Premiere blieb ihm allerdings keine Wahl als Regina die Katharina zu überlassen. Na warte, dachte er, wenn Petrucchio es nicht schafft, zähme ich dich.

Der Saal war ausverkauft. Das Orchester hatte im Graben und Edith im Souffleurkasten Platz genommen und hinter der Bühne warteten die Schauspielerinnen und Schauspieler auf ihren Einsatz. Sie waren in normale Straßenkleidung gewandet und Katharina und Bianca alias Regina und Petra in Blusen und schwingende Röcke bis knapp unter die Knie, die die Weiblichkeit ihrer Rollen betonten. Dasselbe galt für die reiche Witwe, die erst im fünften Akt auftreten würde.

Eine Shakespeareaufführung bedarf keiner umfangreichen Requisiten. Ein paar Küchenstühle, die den Akteuren, die gerade nichts zum Handlungsfortgang beitrügen, eine Sitzgelegenheit böten, waren die einzigen.

Ingo trat an den Rand der Bühne, verbeugte sich einige Male, kassierte seinen bisher unverdienten Applaus ein, versenkte sich unter „danke, danke, vielen Dank" nach kurzer Zeit im Graben und gab der an der Seite lauernden Technik das vereinbarte Zeichen.

Der Vorhang hob sich.

Handelnde Personen

Baptista Minola	Reicher Bürger aus Padua
Katharina	Baptistas ältere Tochter
Bianca	Baptistas jüngere Tochter
Petrucchio	Reicher Bürger aus Verona, Bewerber um Katharina
Curtis	Diener Petrucchios
Schneider	
Gremio	Reicher älterer Bürger aus Padua, erster Bewerber um Bianca
Hortensio	Bürger aus Padua, zweiter Bewerber um Bianca, tritt auch als Musiklehrer Licio auf
Reiche Witwe	
Vincentio	Alter reicher Bürger aus Pisa
Lucentio	Sohn Vincentios, dritter Bewerber um Bianca, tritt auch als Philologielehrer Cambio auf
Tranio	Diener Lucentios, tritt auch als Lucentio auf
Grumio	Koch Petrucchios
Angeblicher Vincentio	und
Diener beim Festmahl	
	können von derselben Person gespielt werden

1. Akt: Ankunft

Ein Trompetenstoß. Lucentio und Tranio treten auf.

Lucentio: Endlich ist mein Verlangen erfüllt, das schöne Padua, die Wiege der Künste zu sehen. Dank des Wohlwollens meines gütigen Vaters und mit deiner Hilfe gilt es nun den Weg der Gelehrsamkeit und geistigen Studien einzuschlagen. Mein Ziel ist, jenen Teil der Philosophie abzuhandeln, der sich der Tugend annimmt, denn Tugend führt zum Glück und das ist es, was ich erlangen will.

Tranio: Lieber Herr, ich will dir in allem, was du anstrebst, behilflich sein. Nur bedenke: Rhetorik ist wichtig, Musik und Dichtung und Mathematik und Metaphysik auch. Aus nichts jedoch erwächst Nutzen, bei dem kein Vergnügen abfällt.

Lucentio: Das ist ein guter Rat, Tranio. Lass' uns also eine Unterkunft suchen, die uns Freunde zu bewirten ermöglicht, die ich sicher in Padua finden werde.

Was ist das?

Lucentio und Tranio ziehen sich in den Hintergrund zurück. Baptisto mit seinen beiden Töchtern Katharina und Bianca und den beiden Freiern Gremio und Hortensio treten auf.

Baptista: Ich bitte euch, meine Herren, mich nicht zu bedrängen, denn ihr kennt meine unumstößliche Meinung: Ich bin nicht gewillt, meine jüngste Tochter zu verheiraten, bevor ich keinen Mann für meine älteste gefunden habe. Da ich euch beide gut kenne und sehr schätze, sei es jedem gestattet, der Katharina liebt, sie zu umwerben.

Gremio: Ihr den Arsch zu versohlen, meinst du. Das wird ihr helfen, ihre Grobheiten zu unterlassen. Hortensio, willst du das nicht übernehmen? Es macht bestimmt Spaß.

Katharina: Lieber Vater, willst du mich den beiden hier zum Gespött machen?

Hortensio: Das will er sicher nicht, Katharina. Sei ein wenig sanfter und du wirst jederzeit einen Gefährten finden.

Katharina: Das bin ich. Ich werde dich liebevoll mit einem Knüppel kämmen und deinem Gesicht die Spuren meiner Finger aufdrücken.

Hortensio: Auf diese Liebe kann ich verzichten.

Gremio: Ich erst recht.

Lucentio *nähert sich*: Die andere schweigt. Sie scheint mir sittsam und tugendhaft zu sein.

Tranio *folgt*: Lucentio, guck' dir nicht die Augen aus dem Kopf.

Baptista: Damit ich euch nicht weiter irritiere, meine Herren, schicke ich Bianca nach Hause. Bianca, glaub' bitte nicht, dass ich dich deshalb weniger liebe.

Katharina: Ich schlage vor, Bianca, du fängst an zu weinen. Dir wird schon ein Grund einfallen.

Bianca: Freu' dich nur an meinem Kummer, Katharina. Selbstverständlich, lieber Vater, werde ich dir gehorchen. Bücher und Musik sollen meine alleinige Gesellschaft bleiben.

Hortensio: Lieber Vater, sei doch nicht so abweisend. Dass unsere guten Absichten Ursache für Biancas Kummer ist, war nicht beabsichtigt.

Gremio: Warum willst du Bianca wegen Katharinas Haare auf den Zähnen einsperren?

Baptista: Meine Herren, beruhigt euch. Mein Entschluss steht fest. Bianca, zieh' dich zurück!

Bianca tritt ab.

Baptista: Sie wird ihre Freude haben, und zwar an Instrumenten und Poesie. Die einzigen, die zu ihr dürfen, werden Musiklehrer und Dichter sein. Wenn ihr derartige Personen kennt, Gremio und Hortensio, schickt sie zu mir. Es wird ihr Schaden nicht sein.

Und du, Katharina, bleib' mir vorerst aus den Augen.

Baptista tritt ab.

Katharina: Dann kann ich ja wohl auch gehen, oder nicht? Ich hab' wahrlich besseres zu tun als mir von euch Gockeln meine Zeit stehlen zu lassen.

Katharina tritt ab.

Gremio: Hortensio, du kannst machen, was du willst; ich werde versuchen, einen passenden Lehrer für Bianca aufzutreiben.

Hortensio. Das werde ich auch, Gremio, aber das scheint mir ein vertrackter Umweg zu sein. Wir könnten uns den Weg viel einfacher ebnen.

Gremio: Und wie, bitte?

Hortensio: Indem wir einen Mann für Katharina finden.

Gremio: Einen Mann? Einen Verrückten. Und so einen wirst du nicht finden.

Hortensio: Du hast Recht, die Auswahl unter Verrückten ist nicht allzu groß. Ich schlage dir einen Handel vor, Gremio. Wir sind Rivalen, was Bianca angeht, aber sollten für das Ziel gemeinsame Sache machen und Freunde sein, nämlich das Ziel, für Katharina einen Mann zu finden. Gelingt uns das, werden wir die Kosten seiner Brautwerbung übernehmen und brüderlich teilen.

Gremio: Einverstanden, Hortensio.

Gremio und Hortensio treten ab.

Tranio: Lucentio, so schnell wie ich's bei dir sehe, kann man sich nicht verlieben.

Lucentio: Das hatte ich bis eben auch geglaubt, aber nun ist's passiert. Ich werde alles daran setzen, dieses brave, sittsame Mädchen zu erringen, und du, Tranio, wirst mir dabei helfen, denn du bist nicht nur mein Diener, sondern mein Freund.

Tranio: Eigentlich müsste ich versuchen, dir deine rosarote Brille abzusetzen, weiß aber aus Lebenserfahrung, dass das in dieser Phase unmöglich ist. Daher bleibt nichts als Schadensbegrenzung. Du hast nämlich das holde Gesicht so unverwandt angeschaut, dass du das Wichtigste nicht mitbekommen haben dürftest.

Lucentio: Aphrodite und die schöne Helena sind nichts gegen sie.

Tranio: Wie ich sage. Hast du denn ihre Schwester nicht wahrgenommen, die sich so laut gebärdete, dass nun die arme Bianca als Jungfrau zu Hause verkümmern muss?

Lucentio: Was für ein grausamer Vater. Nur Schulmeister sollen zu ihr dürfen.

Da fällt mir etwas ein, Tranio.

Tranio: Ich fürchte, mir auch.

Lucentio: Dann sag' deinen Plan zuerst.

Tranio: Dass du dich als Lehrer ausgibst und das Mädchen unterrichtest. Das ist aber unmöglich. Dein Vater trug dir auf, hier als Vincentios Sohn zu residieren, ein großes Haus zu führen und Freunde zu bewirten.

Lucentio: Das ist trotzdem möglich. Bisher hat uns hier keiner gesehen und keiner weiß, wer Diener und wer Herr ist. Spiel' du meine Rolle und leb' auf großem Fuß, während ich als armer Künstler aus Florenz, Neapel oder sonstwo hier aufkreuze.

Tranio: Dein Vater trug mir auf, dass ich dir in jeder Hinsicht zu Willen sein solle. Vermutlich hat er's nicht so gemeint, wie's nun geschieht, aber gegen sein Gebot verstoße ich nicht. Benimm hab' ich, um Lucentio überzeugend zu verkörpern.

Lucentio: Ausgezeichnet. Eine weitere Anweisung musst du erfüllen, nämlich einer von Biancas Freiern zu werden. Wenn du wissen möchtest, warum, vertröste ich dich auf meine guten Gründe, die ich dir irgendwann offenbaren werde.

Lucentio und Tranio treten ab und Petrucchio und Curtis auf.

Petrucchio: Irgendwo hier muss mein alter Freund Hortensio wohnen. Lass' uns ihn aufsuchen....

Hortensio tritt auf.

Hortensio: Meine Freunde Petrucchio und Curtis, welch' freudige Überraschung! Erzählt mir, welcher Wind euch von Verona nach Padua geblasen hat?

Petrucchio. Der Wind, der Wagemutige und Verzweifelte verstreut, damit sie weg von zu Hause ihr Glück finden. Mein Vater Antonio ist verstorben, hinterließ mir ein beachtliches Vermögen und den inneren Wunsch, mein Glück und eine Ehefrau zu finden.

Hortensio: Da wüsste ich eine, eine freche, ungehorsame. Da du mein Freund bist, will ich dir aber nicht nahelegen, um sie zu werben. Das einzige, was für sie spricht, ist ihr Reichtum.

Petrucchio: Das ist ein Argument, um nicht zu sagen, das wichtigste. Mag sie alt, hässlich, zahnlos oder bucklig sein oder hinken, ist das egal. Wo Reichtum ist, ist auch Glück.

Hortensio: Na gut; da du angebissen hast, führe ich jetzt im Ernst aus, was ich im Scherz begann. Sie ist gut erzogen, jung und schön, aber kratzbürstig, und zwar extrem.

Petrucchio: Dann wird die Sache tatsächlich ernst. Was soll ich mit einer Frau anfangen, die den ganzen Tag »ja, Schatz, gern, Schatz, sofort, Schatz« haucht? Sag' mir den Namen ihres Vaters.

Hortensio: Baptista Minola, ein freundlicher und liebenswürdiger Herr.

Petrucchio: Den kannte mein Vater gut. Führ' mich baldmöglichst zu ihm.

Curtis: Hab' kein schlechtes Gewissen, Hortensio. Ich würde seine Laune ausnutzen. Und wenn die Umworbene schimpft und flucht, hält Petrucchio sicher mit.

Hortensio: Dann führe ich euch hin, denn Baptista hat das Juwel meines Lebens in seiner sicheren Obhut. Sie heißt Bianca und darf nicht umworben werden, bevor nicht Katharina unter der Haube ist.

Curtis: Katharina, was für ein böser Name für ein Mädchen!

Hortensio: Um Bianca habe ich einen Rivalen, den es zusätzlich auszuschalten gilt. Er glaubt übrigens, dass Katharina nie einen Mann finden wird.

Petrucchio, du musst mir einen Gefallen tun.

Petrucchio: Gern.

Hortensio: Du führst mich als Musiklehrer bei Baptista ein. Ich werde mich mit einer Gitarre bewaffnen.

Curtis: Was für eine Schmierenkomödie!

Gremio und Lucentio als Lehrer der Dichtkunst treten auf.

Hortensio: Still, Curtis, das ist mein Nebenbuhler.

Curtis: Was für ein knackiger junger Mann!

Gremio: Hier ist die Liste der Bücher, die du sie lehren sollst. Alle handeln von Liebe und nichts anderes soll sie zu lesen bekommen. Lass' die Liste parfümieren, denn ihre Empfängerin ist süßer als jeder Wohlgeruch. Hast du einen Lehrplan?

Lucentio: Worin immer ich sie unterrichte, werde ich dich nie als meinen Gönner zu erwähnen vergessen.

Curtis: Was für ein Esel und was für eine Schnepfe!

Gremio: Ah, Hortensio, gut, dass ich dich treffe. Kannst du dir denken, wohin mein Weg führt? Zu Baptista. Ich versprach, mich nach einem Lehrer für Bianca umzusehen und hatte das Glück, auf einen zu stoßen. Der junge Mann an meiner Seite ist wohlbelesen und pflegt die Manieren, die für die Erfordernisse nötig sind.

Hortensio: Und ich habe einen Herrn getroffen, der mir zu einem vorzüglichen Musiker zu verhelfen versprochen hat. Ich werde keinen Deut hinter dir zurückstehen, was den Unterricht der schönen Bianca betrifft.

Gremio: Du wirst sehen, zum Schluss wird mein Vermögen die Waage ausschlagen lassen.

Hortensio: Lassen wir das kurz außen vor, Gremio. Erinnere dich an unsere Abmachung. Ich habe hier einen Herrn, der gewillt ist, Katharina zu heiraten, sofern die Mitgift stimmt.

Gremio: Du hast ihn über keine Fehler im Unklaren gelassen?

Petrucchio: Ich weiß, dass sie ein ungehorsames, kratzbürstiges und schlagfertiges Miststück ist. Wenn's weiter nichts ist.

Gremio: Na dann. Woher kommst du?

Petrucchio: Aus Verona. Ich bin der Sohn des alten Antonio, der gestorben ist und mir ein gutes Vermögen hinterließ, das ich noch lange genießen möchte. Nun fehlt mir zu meinem Glück eine Frau.

Gremio: Genießen mit dieser Frau?!

Petrucchio: Ein bisschen Lärm und Sturm schadet nichts. Ich war von Kanonendonner umzingelt und sah feindliche Heere auf mich einstürmen. Und da soll mir ein bisschen Zänkerei etwas ausmachen? Ich bin kein ängstlicher Knabe mehr!

Gremio: Dann scheint mir, Hortensio, ein Glück, dass dieser Herr hier eingetroffen ist.

Hortensio: Das sehe ich auch so. Wir haben uns zugesichert, dass wir die Kosten seiner Werbung übernehmen. Ich für meinen Teil werde dazu stehen.

Gremio: Das gilt auch für mich. Vorausgesetzt, er erringt sie.

Tranio tritt als Lucentio auf.

Tranio: Erlaubt, die Herren, eine Frage: Welcher Weg ist der kürzeste zum Haus des Baptista Minola?

Gremio: Der mit den beiden schönen Töchtern?

Tranio: Vielleicht. Was hast du damit zu schaffen?

Petrucchio: Schön, aber kratzbürstig.

Tranio: Dann meine ich die nicht. Kratzbürstige Frauen mag ich nicht.

Hortensio: Bist du ein Bewerber um die brave Schöne?

Tranio: Und wenn es so wäre; wäre das ein Vergehen?

Gremio: Wenn du ohne weitere Worte verschwindest, dann nicht.

Tranio: Die Straße ist für alle da.

Gremio: Aber sie nicht.

Tranio: Und warum nicht?

Gremio: Weil sie bereits die Auserwählte eines Signor Gremio ist.

Hortensio: Weil sie bereits die Auserwählte eines Signor Hortensio ist.

Tranio: Sachte, meine Herren. Es spielt keine Rolle, wie viele Freier den edlen Baptista um die Hand seiner Tochter angehen. Ich, Luciento, bin einer von ihnen, der sich der Hoffnung auf Erhörung hingibt.

Hortensio: Dann frage ich dich dreist, ob du jemals Baptistas Tochter gesehen hast?

Tranio: Nein, aber ich habe gehört, dass er zwei habe; eine, die für ihre böse Zunge und die andere, die für ihre Sittsamkeit bekannt ist.

Petrucchio: Die erste ist für mich; lass' sie also zufrieden.

Falls du auf die Jüngere, die Sittsame lauerst: Die hält ihr Vater von allen Freiern fern, bis die Ältere verheiratet ist. Dann ist die Jüngere frei und du kannst dich um sie schlagen.

Tranio: Dann bist du der heldenhafte Mann, der uns allen hilft, indem er die Ältere gewinnt und der Jüngeren zur Freiheit verhilft. Wenn du das vollbringst, sei dir unseres Danks sicher.

Hortensio: Ich sehe, dass wir in dir bis zur Hochzeit von Katharina einen Verbündeten gefunden haben.

Tranio: Danach sind wir Rivalen, aber bis dahin Freunde. Lasst uns heute in diesen Rollen zusammen essen und trinken.

Gremio: Ein vorzüglicher Vorschlag.

Hortensio: In der Tat. Petrucchio, sei mein hochwillkommener Gast.

Alle treten ab. Das Orchester spielt eine Schnulze aus Reginas Repertoire.

2. Akt: Anbahnung

Katharina und Bianca treten auf.

Bianca: Liebe Schwester, glaubst du nicht, dass es dich entehrt, mich zu einer angeketteten Sklavin zu machen? Nur du kannst mich befreien, und neben meinen Fesseln lege ich bis auf den Unterrock alles ab, was du mir befiehlst. Ich weiß meine Pflichten gegenüber Älteren.

Katharina: Das mache ich, wenn du mir von deinen Freiern den nennst, den du am liebsten magst.

Bianca: Der kam mir bisher nicht unter.

Katharina: Du lügst unverschämt. Ich weiß, dass es Hortensio ist.

Bianca: Wenn du auf ihn scharf bist, werde ich alles tun, um euch zusammenzuführen.

Katharina: Wenn du ihn so leicht aufgibst, schätze ich, dass dir mehr an Reichtümern liegt. Also Gremio?!

Bianca: Um den beneidest du mich? Dann glaube ich eher, dass du scherzst. Ich bitte dich, mich loszubinden.

Katharina: Wenn das ein Scherz war, ist das auch einer.

Katharina verpasst Bianca eine schallende Ohrfeige, die man in der letzten Reihe hört. Biancas linke Wange rötet sich sichtbar.

Bianca: Aua! Du Miststück!

Katharina: Miststück ist auch ein Scherz!

Katharina platziert Bianca eine genauso kräftige zweite Ohrfeige auf die rechte Wange, die sich ebenfalls rötet.

Ingo *aus dem Orchestergraben*: He, Regina, übertreib's nicht! Und Miststück gehört nicht zum Text!

Publikum: *Johlt.*

Baptista tritt auf.

Baptista: Was soll das denn, Katharina, soll das damenhaft sein? Bianca, beschäftige dich mit Stricken und gib dich nicht mit ihr ab. Was reitet dich, Katharina, deine Schwester so zu schlagen, die dir nie etwas getan hat?

Katharina: Schweigen ist Hohn. Den habe ich vergolten und werde ihn weiterhin vergelten.

Katharina stürmt mit erhobener Hand auf Bianca zu.

Baptista *hält Katharinas Arm fest*: Das wagst du unter meinen Augen, du Miststück? Jetzt weint sie. Geh' auf dein Zimmer, Bianca.

Bianca tritt ab, weint aber keineswegs, sondern presst die Lippen zornentbrannt aufeinander. Sie lässt sich auf einen der Stühle im Hintergrund nieder und jeder im Publikum sieht, dass sie sich ihre Wangen reibt.

Katharina: Du willst mich nicht gewähren lassen? Dann weiß ich, Vater, wem deine Liebe gehört. Gib Bianca einen Mann und ich verpflichte mich, an ihrem Hochzeitstag auf glühenden Kohlen zu tanzen. Lass' mich jetzt in Ruhe; ich will eine Gelegenheit zur Rache ausbrüten.

Katharina tritt ab.

Baptista: War je ein Vater so gebeutelt wie ich? Wer naht da?

Gremio mit Lucentio als Lehrmeister der Dichtkunst, Petrucchio mit Hortensio als Musiklehrer und Tranio als Lucentio treten auf.

Gremio: Guten Morgen, Baptisto.

Baptista: Guten Morgen allerseits. Mit wem habe ich die Ehre?

Petrucchio: Zunächst eine Frage, bevor ich deine beantworte: Hast du nicht eine schöne, sanftmütige Tochter namens Katharina?

Baptista: Eine Tochter namens Katharina habe ich.

Gremio: Wie wär's mit ein bisschen mehr Fingerspitzengefühl?

Petrucchio: Tu' mir nicht Unrecht, Gremio. Ich bin aus gutem Veroneser Haus, Baptista, und habe von Katharinas Zurückhaltung, Freundlichkeit und Milde gehört. Ich bin so kühn, mich ob der Wahrheit dieser Berichte vergewissern zu wollen. Als Eintrittsgeld bringe ich einen meiner Leute. *Stellt Hortensio vor.* Licio aus Mantua ist eine Musik- und Mathematikkoryphäe und wird sie weiterbilden, da ich weiß, dass sie keineswegs unkundig ist. Ich bitte dich, ihn wohlwollend aufzunehmen.

Baptista: Du bist hochwillkommen, Licio. Was dich angeht, lieber Freier, muss ich dir leider sagen, dass Katharina bedauerlicherweise nicht die Richtige für dich sein wird.

Petrucchio: Willst du sie nicht hergeben oder sage ich dir nicht zu?

Baptista: Missversteh' mich nicht, ich gebe nur meine Meinung zum Besten. Wie darf ich dich anreden?

Petrucchio: Ich bin Petrucchio, Antonios Sohn und in Italien bekannt.

Baptista: Auch ich kenne ihn gut. Sei seinetwegen willkommen!

Gremio: Du bist sehr ungeduldig, Petrucchio. Darf ich dazwischenfahren, denn auch wir sind arme Bittsteller?

Petrucchio: Entschuldige, aber ich möchte schnell zum Ziel kommen.

Gremio: Zweifellos, und wenn du am Ziel bist, wirst du es verfluchen. *Stellt Baptista Lucentio vor.* Auch ich bringe einen jungen Gelehrten, der in Reims studiert hat und in Griechisch, Latein und anderen Sprachen und in Musik und Mathematik beschlagen ist. Sein Name ist Cambio und ich bitte darum, auch ihn bei dir aufzunehmen.

Baptista: Tausend Dank, Gremio und willkommen, lieber Cambio. *Zu Tranio.* Du bist ein Fremder. Darf ich fragen, wer du bist und welches dein Anliegen ist?

Tranio: Verzeih' mir meine Kühnheit, Baptista, aber auch ich, Lucentio, trage mich in die Liste der Bewerber um Bianca ein. Ich weiß, dass zunächst die ältere Schwester verheiratet sein muss, bevor Bianca frei wird, und bezwecke mit meiner Vorstellung nichts weiter denn als gleichwertig gezählt zu werden. Für die Ausbildung eurer Töchter bringe ich diese lateinischen und griechischen Bücher und ein schlichtes Instrument ein. Noch sind die Dinge ohne Belang; wenn du sie annimmst, werden sie wertvoll.

Baptista: Lucentio heißt du. Und woher stammst du?

Tranio: Aus Pisa. Ich bin der Sohn des Vincentio.

Baptista: Das ist ein bedeutender Mann. Seinen Namen kenne ich. Sei mir willkommen, Lucentio. *Zu Hortensio.* Du nimmst die Gitarre. *Zu Lucentio.* Und du die Bücher. Ihr sollt eure Schülerinnen sofort zu Gesicht bekommen.

Hortensio, Lucentio, Gremio und Tranio treten ab.

Petrucchio: Da das geklärt ist, Baptista, nun zu unserem Geschäft. Du kennst meinen Vater und damit auch mich. Ich bin sein Alleinerbe und habe sein Vermögen weiter vermehrt. Sollte ich Katharina gewinnen: Wie hoch wäre die Mitgift?

Baptista: 20.000 Lire auf die Hand und nach meinem Ableben die Hälfte aller Ländereien.

Petrucchio: Dafür garantiere ich ihr gesichertes Auskommen, sofern sie mich überlebt. Lass' uns schnell den

Vertrag in zweifacher Ausfertigung aufsetzen, damit jeder ein Exemplar in den Händen hält.

Baptista: Der erste Punkt eines Ehevertrags ist wohl die Liebe.

Petrucchio: Ach was, die Liebe kommt mit der Ehe. Sie ist stolz, ich bin herrisch. Wo zwei Feuer aufeinandertreffen, neutralisieren sie sich gegenseitig.

Baptista: Vorher wird es zu einigen Grobheiten kommen.

Petrucchio: Die werden wir beide auszuhalten haben.

Hortensio tritt auf. Um seinen Hals winden sich die Reste einer Gitarre.

Baptista: Was ist denn mit dir passiert? Denkst du, dass meine Tochter eine gute Musikerin wird?

Hortensio *weinerlich*: Eher ein guter Soldat. Eine Kanone mag sie stemmen, aber kein Instrument.

Baptista: Du hast sie nicht ans Akkorde Schlagen gewöhnt?

Hortensio: Sie hat die Akkorde auf meinem Kopf zerschlagen, wie du siehst. Ich wollte ihr ein paar Griffe zeigen und gedachte dazu ihre Hand zu führen, als sie sagte:»Soso, Griffe nennst du das? Erlaube mir, dass ich ins Volle greife«. Und schon hatte ich das Instrument über dem Schädel und ein paar wüste Ausdrücke in den Ohren.

Petrucchio: Das scheint mir eine liebenswerte Furie zu sein. Ich sehne mich nach einer Unterhaltung mit ihr.

Baptista: Soll ich sie dir tatsächlich holen?

Petrucchio: Bitte, gern.

Baptista tritt ab.

Petrucchio *zum Publikum*: Nun gilt es eine Strategie auszuarbeiten. Kühnheit dürfte erforderlich sein. Angenommen, sie schimpft, werde ich ihr sagen, sie sei süß wie eine Nachtigall. Angenommen, sie schaut finster, werde ich ihr sagen, sie strahle wie die Morgenröte. Angenommen, sie weigert sich zu reden, werde ich ihr sagen, ihre Worte gingen mir zu Herzen. Angenommen, sie sagt, ich solle zum Teufel gehen, werde ich mich für die Einladung bedanken. Angenommen, sie weigert sich, mich zu heiraten, werde ich mich für ihr Jawort bedanken und sie bitten, die Tage für Aufgebot und Hochzeit zu nennen.

Ah, da kommt sie.

Katharina tritt auf.

Petrucchio: Guten Morgen, Kate. Soweit ich gehört habe, heißt du so.

Katharina: Du hast anscheinend Schwierigkeiten mit deinem Gehör. Wer von mir spricht, nennt mich Katharina.

Petrucchio: Untertreib' nicht. Es wird überall so viel über Kate zu gesprochen, über die Schönste, die Gütigste und die Mildeste; zwar nicht so laut, wie es dir gebührte, aber laut genug, dass es mich bewegte, dich zu meiner Frau zu begehren.

Katharina: Tatsächlich? Was dich hierher bewegte, soll dich auch wieder hinfort bewegen. Du bist zweifellos ein bewegliches Gut.

Petrucchio: Was verstehst du darunter?

Katharina: Einen Holzstuhl.

Petrucchio: Dann setz' dich auf mich.

Katharina: Auf einen Esel vielleicht, aber sicher nicht auf dich. Du brichst unter meinem Gewicht zusammen.

Petrucchio: Ich bin ein stabiler Edelmann.

Katharina: Das probier' ich aus.

Katharina gibt Petrucchio eine deutlich sanftere Ohrfeige als Bianca.

Petrucchio: Sei vorsichtig! Die eine lasse ich dir durchgehen. Die nächste bekommst du zurück, das versichere ich dir.

Katharina: Wenn du eine Frau ohrfeigst, bist du kein Edelmann. Und wenn du kein Edelmann bist, hast du hier nichts verloren.

Petrucchio: Kate, warum bist du so sauer?

Katharina: Weil ich einen sauren Apfel sehe.

Petrucchio: Wo? Ich sehe keinen.

Katharina: Ich bringe dir einen Spiegel.

Petrucchio: Du meinst doch nicht mein Gesicht?

Katharina: Erraten.

Petrucchio: Ich bin jung.

Katharina: Du hast die Haut eines 17jährigen Apfels.

Petrucchio: Vielen Dank für das Kompliment. Ich finde dich über alle Maßen sanft, gut gelaunt, höflich und zuvorkommend. Und da wird behauptet, dass du hinkst. Dabei hinkst du gar nicht.

Katharina: Du bist ein Narr. Kommandiere herum, wen du willst, aber nicht mich.

Petrucchio: Du entkommst mir nicht. Dein Vater hat eingewilligt, dich an mich zu verheiraten. Mitgift und Unterhaltsfragen sind geklärt. Ob du willst oder nicht, du wirst mich heiraten und ich werde dich heiraten, denn eine Schönere als dich gibt es nicht. Und es wird mir Freude bereiten, eine kratzbürstige Kate in eine Kate aus weichem Flausch zu verwandeln.

Baptista, Gremio und Tranio treten auf.

Baptista: Nun, Petrucchio, wie kommst du mit meiner Tochter voran?

Petrucchio: Wie anders als gut, lieber Vater?

Baptista: Was denn, Katharina, niedergeschlagen?

Katharina: Du nennst mich Tochter, nachdem du mich mit einem halbverrückten Rohling verheiraten willst?

Petrucchio: Katharinas Kratzbürstigkeit ist bloße Taktik, lieber Vater. Ich bin mit ihr so gut ausgekommen, dass nächsten Sonntag Hochzeitstag ist.

Katharina: Ich wusste gar nicht, dass einen sonntags der Teufel holen kann.

Gremio: Da siehst du's Petrucchio, sie will, dass dich der Teufel holt.

Tranio: Ich stelle mir unter gutem Vorankommen auch etwas anderes vor.

Petrucchio: Es ist ausgemacht, dass Katharina weiterhin die Kratzbürstige spielt. Ihr hättet uns sehen sollen, als wir unter uns waren. Ein liebevolleres, anschmiegsameres und zärtlicheres weibliches Wesen als Kate gibt es unter der Sonne nicht.

Lieber Vater, ladet für Sonntag die Gäste!

Baptista: Wenn das so ist, reicht mir eure Hände, Petrucchio und Katharina. Es ist abgemacht!

Gremio und Tranio: Und wir sagen Amen und sind die Trauzeugen.

Petrucchio: Nun muss ich schleunigst nach Venedig. Meine Herren, ich bitte euch, für Ringe und Gewänder zu sorgen. Sonntag ist schnell heran und dann heiraten wir. Kiss me, Kate.

Katharina küsst Petrucchio auf den Mund und beide treten ab.

Gremio: So eine schnell hingehudelte Vermählung dürfte einmalig sein.

Baptista: Ein bisschen kaufmännischer Wagemut ist dabei.

Tranio: Wer nicht wagt, der nicht gewinnt.

Baptista: Mein Gewinn ist Ruhe in der Ehe.

Gremio: Nun, da Katharina am Sonntag unter der Haube sein wird, zu unserem Geschäft, Baptista, zu Bianca. Ich bin dein Nachbar und habe mich als erster beworben.

Tranio: Und ich liebe sie mehr als alle Worte der Welt auszudrücken vermögen.

Gremio: Dann hat deine Welt nicht viele Worte, Milchbubi.

Tranio: Deine Liebe ist kalt wie Metall, alter Sack.

Baptista: Beruhigt euch, Gremio und Lucentio. Ihr müsst
Bianca mit Taten, nicht mit Worten gewinnen. Wer ihr
die größte Sicherheit bietet, der soll sie gewinnen.

Gremio, was hast du in die Waagschale zu werfen?

Gremio: Mein wertvolles und kostbar ausgestattetes Haus
und ein Pachtgut mit 100 Milchkühen und 120 fetten
Ochsen. Auch das Gut ist bestens ausgestattet. Wie du
weißt, bin ich nicht mehr der Jüngste. Sollte ich morgen
sterben, wäre alles ihr, sofern sie einzig mein sein will,
solange ich lebe.

Tranio: Dein »einzig« kam im rechten Augenblick, Gremio.
Baptista, ich bin meines Vaters Erbe und einziger Sohn.
In Pisa würde ich ihr drei Häuser überlassen wie das
eine, das Gremio ihr hier anbietet. Dazu kommen 2.000
Dukaten jährliche Pachteinnahmen, die ihr gehören
werden. Habe ich dich ausgestochen, Gremio?

Gremio: Ich lege ein Handelsschiff drauf, das in Marseille
auf Reede liegt.

Tranio: Mein Vater hat nicht weniger als drei davon und
ein Dutzend Kontore, über ganz Italien verteilt.

Gremio: Ich habe alles geboten, was ich besitze. Wenn du
mich magst, soll Bianca alles haben.

Tranio: Du hörst, Gremio passt. Wenn du dein Versprechen einlöst, habe ich gewonnen.

Baptista: Dein Angebot ist das Beste, Lucentio, wenn man
davon absieht, dass alles Gebotene nicht dir gehört.
Ich brauche von deinem Vater die Garantie über alles,
was du aufgezählt hast.

Folgendes ist meine Entscheidung: Katharina wird am
nächsten Sonntag heiraten, Bianca am übernächsten.
Legst du bis dahin die Garantie deines Vaters vor, Lu-

centio, bist du der Bräutigam; andernfalls Gremio. *Zu Gremio.* Adieu, lieber Nachbar.

Baptista tritt ab.

Gremio: Ich denke, ich werde der Bräutigam, mein Lieber, denn dein Vater dürfte kaum so verrückt sein, dir Luftikus alles zu geben und dann auf Gedeih und Verderb abhängig von dir zu sein. So voller Sohnesliebe ist ein alter italienischer Fuchs, der dein Vater ist, nicht.

Gremio tritt ab.

Tranio: Teufel, Teufel, was für ein Bluff! Als einzige Möglichkeit, die Sache zu retten, sehe ich, dass Lucentio irgendwo einen Vater herkriegen muss, und wenn er ihn zeugen muss. Es ist zwar ungewöhnlich, dass ein Sohn einen Vater zeugt, und könnte als Wunder durchgehen. Ich kann nur hoffen, dass meine Findigkeit für ein Wunder gut ist.

Tranio tritt ab. Das Orchester spielt einen Blues aus Reginas Repertoire.

3. Akt: Hochzeit

Baptista, Bianca, Katharina und Tranio treten auf.

Bianca: Lieber Vater, die beiden Künstler, die mir Petrucchio und Lucentio geschickt haben, sind nicht der Rede wert. Licio spielt lausiger Gitarre als ich und auch Cambio ist in Philologie weniger bewandert als ich. Ich glaube eher, sie werben um mich als dass sie mich ernsthaft bilden wollen.

Baptista: Liebe Tochter, darüber reden wir später. Denn heute ist der festgesetzte Tag, an dem Katharina und Petrucchio heiraten sollen, doch unser Schwiegersohn bleibt abgängig. Pfarrer, Gäste, Brautvater und Braut sind da, aber der Bräutigam nicht. Welch' eine Blamage.

Katharina: Nur meine Blamage. Was musst du mich, Vater, auch mit einem verrückten, ungehobelten Kerl verheiraten, der sich seinen Spaß mit mir macht. Die ganze

Welt wird auf mich zeigen, sich den Bauch halten vor Lachen und sagen: »Seht her, das wäre die Frau Petrucchios, wenn es ihm gefallen hätte, zur Hochzeit zu erscheinen«.

Tranio: Geduld, ihr Lieben. Er mag ungehobelt wirken, aber ich kenne ihn als weise. Er mag spaßhaft wirken, aber ich kenne ihn als rechtschaffen.

Katharina: Dennoch wäre mir lieber, ich hätte ihn nie gesehen.

Katharina weint und tritt ab, gefolgt von Bianca.

Baptista: Diesmal kann ich dich nicht tadeln, Mädchen, dass du weinst. Eine größere Kränkung ist nicht denkbar.

Curtis tritt auf.

Curtis *zu Baptista*: Mein Herr, ich habe Neuigkeiten, und zwar so alte, wie du sie noch nie gehört hast.

Baptista: Alte und gleichzeitig neue Neuigkeiten?! Wie kann das sein?

Curtis: Ist es keine Neuigkeit, von Petrucchios Kommen zu hören?

Baptista: Er ist gekommen?

Curtis: Aber nein.

Baptista: Was nun? Ist er da oder nicht?

Curtis: Er kommt.

Baptista: Wann wird er hier sein?

Curtis: Wenn er dort steht, wo ich jetzt stehe, dann ist er da.

Baptista: Sehr lustig. Und deine alte Neuigkeit?

Curtis: Er kommt wie ein Penner, in zerlumpten Klamotten, Schuhen, deren Sohlen sich vom Leder gelöst haben, und einem Wagen, der auf der Straße gar nicht mehr fahren dürfte. Außerdem hinkt er.

Tranio: Sehr schrullig. Allerdings weiß ich, dass er auf Äußeres keinen Wert legt.

Baptista: Egal, wie er aussieht. Ich bin froh, dass er kommt.

Curtis: Da hast du mich falsch verstanden. Er kommt nicht.

Baptista: Hast du nicht gesagt, er käme?

Curtis: Dass Petrucchio käme?

Baptista: Ja, dass Petrucchio käme.

Curtis: Nein, ich sagte, sein Wagen käme mit ihm drin.

Baptista: Das ist doch dasselbe!

Curtis: Nein, das sind zwei und ein Mann ist nur einer.

Petrucchio tritt auf.

Petrucchio: Sind alle da?

Baptista: Willkommen, Petrucchio.

Petrucchio: Was ist, geliebter Vater?

Baptista: Du hinkst ja gar nicht.

Petrucchio: Genauso wenig wie meine geliebte Kate. Wo ist sie?

Baptista: Ich bin – wir sind glücklich, dass du da bist. Wir wären allerdings glücklicher, wenn du für deinen Hochzeitstag in einem angemessenen Aufzug erschienen wärst.

Tranio: Wir sind neugierig zu erfahren, welche wichtigen Geschäfte dich so lange von deiner Frau ferngehalten haben und was dazu geführt hat, dass du als Karikatur deiner selbst auftauchst.

Petrucchio: Das wäre langweilig und auch unschön. Ich bin immer noch in Eile und möchte Kate sehen. Wir schwatzen seit ewig und sollten längst in der Kirche sein.

Tranio: So würde ich mich Katharina nicht zeigen. Geh' in mein Zimmer und zieh' Sachen von mir an.

Petrucchio: Kommt nicht in Frage! Ich werde zu Kate gehen wie ich bin.

Baptista: Du willst doch nicht ernsthaft so heiraten?

Petrucchio: Aber sicher. Sie heiratet ja mich und nicht meine Kleider. Nun aber genug des Geschwätzes. Lasst mich zu meiner Braut und sie mit einem Kuss begrüßen.

Petrucchio tritt ab.

Tranio: Irgendetwas beabsichtigt er mit dieser Posse.

Baptista: Ich will ihm nach und sehen, was bei all' dem herauskommt.

Baptista tritt ab und Lucentio auf.

Tranio: Lucentio, wir müssen unbedingt einen Vater für dich auftreiben, der gewillt ist, dir die Summen zu garantieren, die ich in deinem Namen Baptista als Unterhalt für Bianca zugesichert habe. Erst dann wirst du Baptistas Einwilligung erhalten und kannst Bianca nächsten Sonntag zum Traualtar führen.

Lucentio: Mein Lehrkollege Licio bewacht mich auf Schritt und Tritt. Mir scheint angezeigt, Bianca auf die Schnelle in aller Heimlichkeit zu heiraten. Einmal vor vollendeten Tatsachen mag der Rest der Welt machen und sagen, was er will.

Tranio: Um deinetwillen werde ich alle übertölpeln, den alten Sack Gremio, Vater Baptista und deinen Konkurrenten Licio.

Gremio tritt auf.

Tranio: Ah, Gremio. Kommst du aus der Kirche?

Gremio: Wie einst aus der Schule.

Tranio: Und? Sind sie Mann und Frau?

Gremio: Mann? Ein biestiger Penner, und da wird sie hinter kommen.

Tranio: Biestiger als Katharina? Das ist nicht möglich.

Gremio: Sie ist ein Lamm, eine Taube. Als der Pfarrer ihn nach dem Jawort fragte, sagte er: »Ja, kruzitürken!« und fluchte, dass der Pfarrer entsetzt das Buch fallen ließ.

Als er sich bückte, um es aufzuheben, haute ihm Petrucchio auf die Schulter, dass er hinfiel.

Tranio: Und was sagte Katharina?

Gremio: Zitterte vor Furcht. Nachdem Petrucchio zu fluchen aufgehört und die Braut »ja« gesagt hatte, griff er sie und drückte ihr einen solchen Schmatz auf die Lippen, dass er bei der Trennung in der ganzen Kirche widerhallte. Das war der Augenblick, in dem ich vor Scham die Flucht ergriff.

Was höre ich da? Musik?

Das Orchester spielt Richard Wagners Hochzeitsmarsch.

Petrucchio, Katharina, Bianca, Baptista und Hortensio treten auf.

Petrucchio: Liebe Freunde, vielen Dank für eure Mühe. Ich weiß, dass ihr ein opulentes Hochzeitsmahl aufgetragen habt. Lasst es euch schmecken, denn leider drängen mich meine Geschäfte sofort wieder zum Aufbruch.

Baptista: Sag' bloß, dass du vor dem Essen fort willst?

Petrucchio: Ich muss, lieber Vater, sofort. Wüsstest du, welcher Art und Dringlichkeit meine Geschäfte sind, würdest du mich eher fortjagen als bitten zu bleiben. Verehrte Versammelte, ich danke euch, dass ihr zugesehen habt, wie sich meine geduldige, sanftmütige und zärtliche Gemahlin mir zugeeignet hat. Speist bei meinem Vater und auf Wiedersehen!

Tranio: Jede Bitte zu bleiben ist vergeblich?

Petrucchio: Jede.

Katharina: Auch meine Bitte?

Petrucchio: Mich zu bitten gestatte ich dir natürlich. Aber nicht, dass ich deiner Bitte stattgebe.

Katharina: Wenn du mich liebst, bleib'!

Petrucchio: Curtis, ist der Wagen bereit?

Curtis: Ist er.

Katharina: Dann reise allein, Petrucchio. Ich werde es heute nicht tun und auch morgen nicht. Dort ist die Tür.

Petrucchio: Beruhige dich, Kate.

Katharina: Ich will mich aber nicht beruhigen. Du kannst warten, bis du schwarz wirst, wenn du auf mich wartest, Petrucchio. Und ihr anderen: Auf zum Brautschmaus. Ich lass' mich doch nicht zur Närrin machen!

Petrucchio: Der Befehl der Braut sei auch meiner! Geht, schlemmt und schwelgt, trinkt und seid lustig. Meine muntere Kate aber kommt mit mir.

Nein, da helfen keine drohenden Gesichter und kein Aufstampfen mit dem Fuß. Kate ist die Meine und hat mir zu folgen. Curtis, sei zur Verteidigung bereit, wir sind von Feinden umlagert! Fürchte nichts, süße Kate, niemand soll dir 'was tun. Ich beschütze dich vor einer Million Angreifer.

Petrucchio, Katharina und Curtis treten ab.

Baptista: Lasst sie in Gottes Namen gehen.

Gremio: Gut, dass sie so schnell weg waren. Ich wäre sonst vor Lachen erstickt.

Tranio: Von allen verrückten Hochzeiten war das die verrückteste, da bin ich mir sicher.

Lucentio *zu Bianca***:** Was ist deine Meinung über deine Schwester?

Bianca: Sie ist selbst verrückt und nun verrückt verheiratet.

Baptista: Wie dem auch sei; obwohl Braut und Bräutigam fehlen, werden wir dem Mahl zusprechen. Lucentio, du besetzst den Platz des Bräutigams und du, Bianca, nimmst die Stelle deiner Schwester ein.

Tranio: So soll die liebliche Bianca üben, wie sie eine Braut abgibt?

Baptista: Das soll sie, Lucentio. Zu Tisch!

Alle treten ab. Das Orchester spielt ein Softrockstück aus Reginas Repertoire.

4. Akt: Burleske

Curtis tritt auf.

Curtis: Was für eine Fahrt! Schlagloch reihte sich an Schlagloch und es kam, wie es kommen musste. Eine Panne, deren Beseitigung eine Weile dauern wird. Petrucchio hielt zum Glück einen Wagen an, um mich vorauszuschicken, damit ich's hier gemütlich mache.

Saukalt ist's hier! Der Koch muss mir helfen, ein Feuer zu entfachen.

He, Grumio!

Koch Grumio tritt auf.

Grumio: Was ist denn los und was soll das Geschrei?

Curtis: Du siehst hier einen Eisklumpen und wirst deshalb schleunigst ein Feuer entfachen.

Grumio: Was ist denn passiert?

Curtis: Eine Panne, und zwar an der matschigsten und widerlichsten Stelle, die du dir vorstellen kannst.

Grumio: Ist denn Petrucchio unterwegs und mit ihm seine Braut?

Curtis: Sicher! Und jetzt ist sie die schmutzigste Braut, die die Welt je gesehen hat.

Grumio: Und hat Petrucchio ihr geholfen, sich wieder herzurichten?

Curtis: Von wegen! Er half ihr nicht, sondern fluchte und tobte, dass mir die Ohren klingelten.

Grumio: Dann ist gar nicht sie eine Furie und Kratzbürste, wie erzählt wird, sondern er?!

Curtis: So ist es. Winter und Kälte zähmen jedes Geschöpf, auch eine Furie und Kratzbürste und eine Frau eher als einen Mann.

Ah, das Feuer brennt endlich!

Grumio: Und das Essen gart. Hausherrin und -herr können kommen.

Petrucchio und Katharina treten auf.

Petrucchio: Wo ist das Gesinde? Nie ist jemand da, wenn man einen braucht.

Curtis: Ich bin doch da.

Petrucchio: Du bist ein unfähiger Trottel. Was ist vorbereitet? Wo ist unser Essen?

Grumio: Ich eile!

Grumio tritt ab und sofort mit einer Kasserolle in der Hand wieder auf.

Grumio: Hier, zu eurer Zufriedenheit.

Petrucchio: Das Fleisch ist ja verbrannt! Und das wagst du mir vorzusetzen?

Katharina: Ich bitte dich, Petrucchio, reg' dich ab. Das Fleisch ist ausgezeichnet.

Petrucchio: Es ist verbrannt und vertrocknet und nicht einmal gut genug für den Hund. Überhaupt, wo ist mein Spaniel? Grumio, du bist ein Dieb. Tischst mir die Abfälle auf und frisst selber die besten Stücke.

Katharina wendet sich ab und verbirgt das Gesicht in ihren Händen.

Petrucchio *leise zu Grumio*: Dein Fleisch ist ausgezeichnet. Lass' es dir schmecken und danke! *Laut zu Curtis*: Und jetzt Pantoffeln und bequeme Hauskleidung her! Muss ich hier alles allein machen?

Curtis tritt ab und sofort mit einem Ballen in der Hand wieder auf.

Curtis: Hier deine Pantoffeln und bequeme Hauskleidung.

Petrucchio: Wird auch Zeit! *Zu Katharina*: Kate, es tut mir leid, dass ich dich zum Einstand hier so schlecht bewirte, und verspreche, dass es morgen besser wird. Fasten wir heute gemeinsam. Du wirst sehen, dass uns das gut tun wird. Nun ab auf dein Zimmer!

Katharina tritt ab.

Petrucchio *zu Curtis*: Allmählich glaube ich, dass ich zum Ziel komme. Sie hat kein Fleisch gehabt und soll zunächst auch keins kriegen. Sie hat vergangene Nacht nicht geschlafen und soll auch diese nicht schlafen. Ich werde am Bett herummäkeln, die Kissen in eine Ecke schleudern und Laken und Decke in andere Ecken. Dazu werde ich natürlich beteuern, dass alles nur aus Fürsorge um sie geschieht. Sollte sie einnicken, werde ich sie durch Geschrei und Gefluche wieder wecken. Ich liebe sie und werde durch meine Liebe ihren Eigensinn zermürben.

Petrucchio und Curtis treten ab und Tranio und Hortensio auf.

Tranio: Wenn Bianca einen anderen mehr als mich liebt, mein lieber Licio, führt sie mich ganz schön an der Nase herum.

Hortensio: Ziehen wir uns doch zurück und achten darauf, wie er sie unterrichtet.

Tranio und Hortensio treten beiseite, bleiben aber sichtbar. Bianca und Lucentio treten auf.

Lucentio: Machst du Fortschritte, Bianca?

Bianca: Zuerst musst du mir erklären, was du eigentlich lehrst.

Lucentio: Ich lehre, die Kunst zu lieben.

Bianca: Dann hoffe ich, dass du dich als Meister erweist.

Hortensio: Mein lieber Lucentio, hast du nicht geschworen, dass Bianca niemanden liebt wie dich?

Tranio: Wundersame, unbeständige Frauen. Mein lieber Licio, ich bin erschüttert.

Hortensio: Ich will dich nicht länger täuschen. Mein Name ist nicht Licio und ich bin auch kein Musiker. Mein Name ist Hortensio und will in Zukunft dazu stehen.

Tranio: Von deiner rückhaltlosen Liebe zu Bianca habe ich gehört, Hortensio. Sollen wir nicht, da wir nun Zeugen ihrer Leichtfertigkeit sind, beide von der Liebe zu ihr abschwören?

Bianca und Lucentio schmusen innig miteinander.

Hortensio: Schau' dir an, wie sie sich liebkosen und er ihren Po knetet. Du hast Recht. Hier meine Hand zum Versprechen, dass ich ihr abschwöre.

Tranio: Auch gebe mein Versprechen, niemals mehr um Bianca zu werben und sie abzuweisen, sollte sie mich begehren. Die werden ja langsam wirklich unanständig. Jetzt vergräbt er sein Gesicht in ihrem Busen.

Hortensio: Schönheit ist nicht alles. Ich sag' dir 'was, Lucentio: Innerhalb dreier Tage werde ich eine reiche Witwe heiraten, die schon lange auf mich scharf und kein Flittchen ist. Hier ist für mich nicht länger des Seins.

Hortensio tritt ab und Tranio zu Bianca und Lucentio.

Tranio: Liebe Bianca, haben wir dich erwischt.

Bianca: Wer – wir?

Tranio: Hortensio und ich.

Lucentio: Dann sind wir Licio los?

Tranio: Er will sich eine lustige Witwe nehmen.

Lucentio: Dann wünschen wir ihm viel Glück.

Bianca, Lucentio und Tranio treten ab und Katharina und Curtis auf.

Katharina: Es ist unglaublich, aber er wird immer boshafter. Hab' ich geheiratet, um zu verhungern? Jeder Bettler, der an meines Vaters Tür kommt, geht mit einem Almosen. Und ich? Ich hungere nach einer Mahlzeit und mir ist aus Schlafmangel schwindlig. Ich werde mit Flüchen wachgehalten und durch Gezeter ernährt. Und das Schlimmste ist, alles im Namen der reinen Liebe. Schlafen oder essen bedeuten ihn für ihn eine schwere Krankheit oder gleich den Tod. Ich flehe dich an, Curtis, beschaff' mir 'was zum Essen.

Curtis: Kalbshaxe?

Katharina: Nichts lieber als das.

Curtis: Das enthält viel zu viel Cholesterin. Wie wär's mit gerösteten Kutteln?

Katharina: Genauso lieb!

Curtis: Hm, die dürften ebenso belastend sein. Rindfleisch mit Senf?

Katharina: Mir läuft das Wasser im Mund zusammen.

Curtis: Ich fürchte, der Senf ist zu scharf.

Katharina: Dann lass' den Senf sein.

Curtis: Dann schmeckt's nicht. Entweder mit Senf oder nichts.

Katharina: Eins oder beides oder was du willst.

Curtis: Gut, dann den Senf ohne Rindfleisch.

Katharina *gibt Curtis eine Ohrfeige*: Mach', dass du weg-kommst, du Schurke, du windiger. Das kommt davon, wenn sich einer einen englischen Diener hält.

Ingo *aus dem Orchestergraben*: Das gehört nicht zum Text, Regina!

Publikum: *Gelächter.*

Petrucchio und ein Schneider treten auf.

Petrucchio: Meine liebe, süße Kate. Du siehst niederge-schlagen aus.

Katharina: Aus gutem Grund.

Petrucchio: Ich will deine Stimmung heben. Es ist Zeit, in das Haus deines Vaters zurückzukehren. Schau', hier ist ein Schneider, der dich dazu mit dem besten Gewand ausstatten wird.

Der Schneider hält Katharina ein hübsches Kleid hin. Sie entledigt sich des Ihren und schlüpft in das neue.

Petrucchio: Das sieht ja ganz unmöglich aus. Ein billiger Plunder und schlecht genäht. Und die Farben! Wie für eine Nutte. Zieh' das wieder aus, Kate.

Katharina: Ich erbitte die Gunst, etwas sagen zu dürfen. Ich bin kein Kleinkind und habe so manchem Dinge gesagt, die er nicht hören wollte, auch auf die Gefahr hin, nicht von allen geliebt zu werden.

Petrucchio: Du kannst sagen, was du willst, Kate. Das Kleid taugt nichts und der Hut gehört einem Zirkuspferd aufgesetzt. Die Bänder schlabbern herum, als hätten sie dort nichts zu suchen. Ich liebe dich, Kate, dass du derselben Meinung bist.

Katharina: Ich will Kleid, Hut und Bänder, ob du mich liebst oder nicht.

Petrucchio: Schneider, nimm' dein Gelumpe wieder mit.

Schneider: Ich habe alles nach Anweisung angefertigt.

Petrucchio: Das soll ich angewiesen haben? Du lügst, Pfuscher!

Schneider: Curtis gab mir die Anweisungen.

Curtis: Ich gab dir keine Anweisungen, sondern den Stoff.

Schneider: Gut, dann nehme ich alles wieder mit.

Petrucchio: Kate, zieh' alles wieder aus.

Katharina zieht weinend das neue Kleid aus, ihr altes wieder an und wendet sich ab.

Petrucchio *leise zum Schneider*: Bewahre das Kleid gut auf, es ist ausgezeichnet. Morgen wird Curtis es abholen und dich in voller Höhe bezahlen.

Der Schneider tritt ab.

Petrucchio: Meine liebe Kate, so werden wir deinem Vater in unseren ärmlichen, ehrlichen Gewändern entgegentreten. Du bist darin nicht weniger wert. Für alles andere gib mir die Schuld. *Zu Curtis*: Mach' den Wagen startklar. Wir werden uns augenblicklich auf den Weg machen. Wir haben jetzt Sieben, da können wir am Mittag da sein.

Katharina: Erlaube mir dir mitzuteilen, lieber Petrucchio, dass wir Zwei haben und zum Abendbrot da sein werden.

Petrucchio: immer wiedersprichst du mir. Wir haben Sieben, basta!

Katharina: Wie der Herr von Uhren und Sonnenstand befiehlt.

Katharina, Petrucchio und Curtis treten ab und Lucentio und Tranio auf.

Tranio: Lucentio, jetzt gilt es die Nerven zu bewahren. Ich habe einen alten Schulmeister aufgetrieben, der deinem Vater ähnlich sieht, ihn Baptista vorgestellt und der war überzeugt, mit dem richtigen Vincentio zu sprechen. Der falsche Vincentio hat ihm alles zugesichert, was ich Bianca an deiner Stelle versprach. Der alte Pfarrer in der St. Lukas-Kirche ist aufgeboten und mit Hortensio und mir die Trauzeugen. Ich hole Bianca und ab geht's zum Heiraten!

Lucentio: Ich danke dir, mein lieber Tranio. Ein bisschen bange ist mir schon. Wenn das Ganze vor dem Jawort auffliegt?

Tranio: Das wird's schon nicht. Ich kannte einmal ein Mädchen, das hat zwischen dem Holen von Petersilie, um ein Kaninchen zu füllen, und dem Schieben des Kaninchens in den Backofen geheiratet. Das kriegst du auch fertig. Soll ich loslaufen?

Lucentio: Ich werde die Braut hinführen. Wenn sie zufrieden ist, soll es geschehen wie du geplant hast, Tranio.

Lucentio und Tranio treten ab und Katharina und Petrucchio auf.

Petrucchio: Lass' uns zum Haus unseres gemeinsamen Vaters eilen, Kate. Scheint der Mond nicht herrlich?

Katharina: Der Mond? Am hellen Tag scheint kein Mond.

Petrucchio: Und ich sage, es ist der Mond.

Katharina: Von mir aus. Ich weiß ja, dass es die Sonne ist.

Petrucchio: Immer widersprichst du mir. Bevor das da nicht der Mond ist, werde ich nicht abreisen.

Katharina: Na gut, ist's also der Mond, sonst kommen wir niemals fort. Oder soll's zur Abwechslung Alpha Centauri oder der Andromedanebel sein?

Ingo *aus dem Orchestergraben*: Hast du eigentlich jemals den Text gelesen, Regina?

Katharina *in den Orchestergraben*: Ich kann nicht lesen!

Publikum: *Gegröl.*

Stimme aus dem Publikum: Ist das eine Aufführung oder eine Probe?

Katharina *zum Publikum*: Seid froh, dabei sein zu dürfen.

Publikum: *Gelächter.*

Ingo *aus dem Orchestergraben*: Regina!

Petrucchio: Geht's irgendwann weiter?

Katharina: Jetzt geht's weiter.

Petrucchio: Na also, dann geht's los!

Vincentio tritt auf.

Petrucchio *zu Vincentio*: Guten Morgen, meine Liebliche, wohin des Wegs? Kate, umarme die süße Holde um ihrer Schönheit willen.

Katharina: Blühende Knospe des Frühlings, gesegnet seien die Eltern, die solches Wunder wie dich aufzogen und zu beneiden der Kraftprotz, der dereinst zwischen deinen Schenkeln sein Glück findet.

Ingo *aus dem Orchestergraben*: Regiiina!

Publikum: *Gejohle.*

Petrucchio: Ich hoffe, du bist nicht übergeschnappt, Kate. Das ist ein alter, runzliger Mann.

Katharina: Entschuldige, gütiger Herr. Der Mond blendete mich. Jetzt sehe ich, dass du ein ehrwürdiger Greis bist. Entschuldige nochmals und bitte vergib mir.

Petrucchio: Auch bitte dich um Vergebung, gütiger Herr. Lass' uns wissen, wohin dein Weg dich führt. Vielleicht dürfen wir uns eine Weile deiner Gesellschaft erfreuen.

Vincentio: Guter Mann und auch du, lustige Frau, sollt wissen, dass mein Name Vincentio ist. Ich komme aus Pisa und bin unterwegs nach Padua, um meinen Sohn zu besuchen, der sich dort aufhält und den ich lange nicht mehr gesehen habe.

Petrucchio: Darf ich seinen Namen wissen, Vincentio?

Vincentio: Lucentio, werter Herr....

Petrucchio: ...Petrucchio. Und was für ein glücklicher Zufall hat uns zusammengeführt! Lucentio hat mittlerweile die Schwester meiner bezaubernden Gattin Kate hier geheiratet. Sei bitte nicht ungehalten. Bianca stammt aus bestem Haus und wird der Gattin jedes edelsten Edelmannes gerecht. Du wirst begeistert sein.

Vincentio: Ist das wahr oder einfach genauso lustig wie eure Vorstellung vorhin?

Petrucchio: Nein, Vincentio, ich versichere dir, dass das die Wahrheit ist. Komm' mit uns und versichere dich derer. Es tut mir leid, dass dich unsere erste Posse misstrauisch gemacht hat.

Vincentio: Ich komme mit und werde sehen.

Alle treten ab. Das Orchester spielt ein heavy metal-Stück aus Reginas Repertoire.

5. Akt: Enttarnung

Eine Papierwand mit einem Fenster wird auf die Bühne getragen. Bianca, Lucentio, Tranio und der angebliche Vincentio treten auf ihrer rechten Seite auf.

Tranio: Los, Lucentio, und leise! Der Pfarrer ist bereit.

Katharina, Petrucchio, Vincentio und Curtis treten auf der linken Seite der Wand auf. Bianca, Lucentio und Tranio treten ab.

Petrucchio: Dies, Vincentio, ist Lucentios Haus. Das meines Vaters liegt näher am Marktplatz. Dort muss ich hin. Deshalb verlassen wir dich nun.

Vincentio: Von wegen! Erst müsst ihr mit mir etwas trinken. Ich bin sicher, dass ihr hier willkommen seid und mit guter Bewirtung rechnen dürft.

Vincentio klopft, ohne dass darauf eine Reaktion erfolgt.

Curtis: Anscheinend sind sie da drin beschäftigt. Klopf' lauter.

Vincentio klopft heftig.

Angeblicher Vincentio *von der anderen Seite*: Reißt den Türrahmen nicht ein. Was ist denn los?

Vincentio: Ist Lucentio zu Hause, mein Herr?

Angeblicher Vincentio: Ja, aber nicht zu sprechen.

Vincentio: Und brächte jemand ein Vermögen, um damit zu feiern?

Angeblicher Vincentio: Behaltet es. Solange ich lebe, braucht Lucentio es nicht.

Petrucchio: Habe ich dir nicht gesagt, dass dein Sohn in Padua beliebt ist? Am besten sagst du, dass Lucentios Vater aus Pisa gekommen ist, um seinen Sohn zu sehen.

Vincentio: Hast du gehört? Ich bin Vincentio, Lucentios Vater, und möchte meinen Sohn besuchen.

Angeblicher Vincentio: Du lügst. *Schaut aus dem Fenster.* Ich bin sein Vater. Wie willst du es dann sein?

Petrucchio *zu Vincentio*: Du bist mir einer! Sich als Vincentio in meine Obhut zu begeben.

Angeblicher Vincentio: Ergreift den Kerl! Er ist ein Betrüger und hat als Vincentio eine Schurkerei vor.

Tranio tritt auf.

Tranio: So, alle sind in der Kirche und die Sache läuft. Möge der Herr das Schiff sicher steuern. *Sieht Vincentio.*

Du lieber Himmel, mein Gebieter Vincentio. Jetzt hilft nur größte Dreistigkeit, sonst fliegt alles auf.

Vincentio: Tranio, alter Gauner! Tritt näher.

Tranio: Fällt mir bei einem mir unbekannten Kerl nicht ein.

Vincentio: Willst du behaupten, du hättest mich vergessen?

Tranio: Ich kann dich nicht vergessen haben, denn ich habe dich nie zuvor gesehen.

Vincentio: Soso, du Erzschurke, du kennst deinen Brötchengeber nicht?

Tranio: Sicher kenne ich ihn. Er schaut dort aus dem Fenster.

Vincentio: Das soll Vincentio sein?

Vincentio gibt Tranio eine Ohrfeige.

Tranio: Hilfe, ein Verrückter will mich umbringen!

Angeblicher Vincentio: Hilfe, mein Sohn! Und Hilfe, Baptista!

Der angebliche Vincentio zieht sich aus dem Fenster zurück.

Petrucchio: Komm' Kate, ziehen wir uns zurück und schauen, wie die Posse ausgeht.

Katharina und Petrucchio treten beiseite, Curtis tritt ab und Baptista auf.

Baptista: Wer bist du, dass du es wagst, meinen Freund zu schlagen?

Vincentio: Wer ich bin, fragst du? Eher sollte ich fragen, wer du bist. *Zu Tranio.* Ich sehe dich in feinstem Stoff, mit kostbaren Schuhen und einem Designerhut ausstaffiert. O weh! Während ich zu Hause versuche, gut zu wirtschaften und das Geld zusammenzuhalten, wirft mein Sohn es in Padua mit vollen Händen zum Fenster hinaus.

Baptista: Ist das ein Verrückter?

Tranio: Dem Aussehen nach ist er ein feiner, würdiger Herr, aber seinen Worten nach ein Verrückter. Ob ich feinen Stoff, kostbare Schuhen und einen Designerhut trage, geht ihn einen Dreck an. Ich danke meinem Vater, dass ich mir das leisten kann.

Vincento: Dein Vater? Der ist Müllwerker in Bergamo.

Tranio: Wenn du das so gut weißt, dann sag' mir seinen Namen.

Vincento: Den weiß ich doch nicht. Ich habe dich von deinem dritten Lebensjahr an aufgezogen und dein Name ist Tranio.

Der angebliche Vincentio tritt auf die Straße.

Angeblicher Vincentio: Jetzt wird die Polizei geholt. Der Mann heißt Lucentio und ist mein einziger Sohn und Erbe.

Vincentio: Was? Dann hat Tranio seinen Herrn ermordet. Holt die Polizei, ein Mörder!

Vincentio packt Tranio am Kragen. Gremio tritt auf.

Gremio: Was ist denn hier los?

Baptista: Der Kerl da muss ins Gefängnis. Er behauptet, Vincentio zu sein.

Gremio: Ich fürchte, Baptista, du bist einem Betrug aufgesessen. Ich bin der Meinung, dass das – *zeigt mit dem Finger auf Vincentio* – der echte Vincentio ist.

Angeblicher Vincentio: Schwöre es, wenn du es wagst!

Gremio: So weit gehe ich nicht.

Tranio: Dann sag', dass ich nicht Lucentio bin.

Gremio: Ich weiß, dass du Lucentio bist.

Baptista: Dann fort mit dem Greis ins Gefängnis.

Vincentio: So geht es dem Arglosen in der Fremde!

Bianca und Lucentio treten auf.

Lucentio: Verzeih', mein Vater!

Vincentio: Du lebst, mein Sohn!

Tranio und der angebliche Vincentio rennen davon.

Bianca: Verzeih', lieber Vater!

Baptista: Was hast du getan, Bianca? Wo ist Lucentio?

Lucentio: Ich bin Lucentio, der richtige Sohn des richtigen Vincentio, der deine Tochter zu seiner Frau gemacht hat, während dich, Baptista, einige falsche Annahmen in die Irre geführt haben.

Gremio: Das ist ein Komplott, das Seinesgleichen sucht.

Vincentio: Wo ist der verdammte Schuft Tranio, der mich ins Gefängnis bringen wollte?

Baptista: Aber sag' mir doch, bist du nicht Cambio, Biancas Philologielehrer?

Bianca: Cambio hat sich in Lucentio verwandelt.

Lucentio: Das schafft die Liebe. Die Liebe zu Bianca hat mich veranlasst, mich als ihr Lehrer zu verdingen und Tranio zu beauftragen, an meiner Statt Haus und Hof abzuhalten. Verzeih' ihm, Vater, denn er handelte nach meinem Willen.

Vincentio: Gut, dann verzeihe ich ihm diesen Teil. Aber dass er mich ins Gefängnis bringen wollte, dafür schneide ich ihm die Nase ab.

Baptista: Und du hast ohne meine Einwilligung meine Tochter geheiratet, Lucentio?

Vincentio: Wenn ich deine Tochter anschaue, ist meinem Sohn mein Segen gewiss und wegen des Unterhalts mach' dir keine Sorgen. Jetzt gehe ich Tranio suchen. Der soll mich kennenlernen!

Vincentio tritt ab.

Baptista: Und ich gehe, mich erst einmal sammeln.

Baptista tritt ab.

Gremio: Und ich fürchte, mein einziger Vorteil ist der Anteil am Festmahl.

Gremio tritt ab.

Lucentio: Du bist so blass, Bianca. Ich glaube, unsere Väter werden sich sehr gut verstehen und alles wird gut werden.

Katharina und Petrucchio treten wieder hervor.

Katharina: Lass' uns ihnen folgen. Ich wüsste gern, wie das Durcheinander ausgeht.

Petrucchio: Erst küss' mich.

Katharina: Mitten auf der Straße?

Petrucchio: Schämst du dich?

Katharina: Ein bisschen – nein, das ist albern.

Katharina drückt Petrucchio an sich und küsst ihn lange und innig.

Petrucchio: Es ist nie zu spät. Lass' uns zu Baptista gehen und am Festmahl teilnehmen.

Katharina: Danke, Liebster.

Katharina und Petrucchio treten ab.

Die Papierwand wird von der und ein Tisch auf die Bühne getragen. Neun Stühle werden drum herum gruppiert. Baptista, Vincentio, Katharina und Petrucchio, Bianca und Lucentio, eine Witwe und Hortensio und Gremio treten auf und setzen sich auf die Stühle. Ein Diener trägt den Nachtisch ab.

Lucentio: Es hat lange gedauert, aber nun sind wir alle in Harmonie vereint, haben gut gegessen und getrunken und sind satt und zufrieden.

Petrucchio: Ein bisschen arg satt und zufrieden.

Baptista: Das ist Padua, das Gastfreundschaft und Köstlichkeiten zu bieten hat.

Hortensio: Schön wäre es, wenn es immer so wäre.

Petrucchio: Ängstige deine Witwe nicht, Hortensio.

Witwe: Mich ängstigen. Du kannst Gift darauf nehmen, Petrucchio, dass mich nichts ängstigt.

Petrucchio: Du hast mich missverstanden. Ich meinte, dass Hortensio von dir geängstigt wird.

Witwe: Wem schwindlig ist, der denkt, die Welt dreht sich um ihn.

Petrucchio: Das ist unmissverständlich. Was sagst du dazu, Hortensio?

Hortensio: Meine Witwe hat das als Kompliment gemeint.

Katharina: Da bin ich andere Komplimente gewohnt.

Witwe: Wenn ein Mann ein unausstehlicher Rohling ist, vergleicht er seinen Maßstab mit dem von Hortensio. Das kann nicht gut kommen.

Katharina: Damit hast du gevögelt.

Ingo *aus dem Orchestergraben*: Regiiina!!

Publikum: *Gejohle.*

Katharina: Ich meine den Vogel abgeschossen.

Baptista: Gremio, wie gefällt dir meine schlagfertige Bekannt- und Verwandtschaft?

Gremio: Da krachen ordentlich die Köpfe zusammen.

Bianca: Sodass ein Horn draus wächst?

Lucentio: Ah, liebste Braut, aufgewacht?

Bianca: Aufgewacht, aber nicht aufgeschreckt. Deshalb schlafe ich gleich weiter.

Petrucchio: Solltest du nicht, denn ich habe die Absicht, dich wie einen Vogel mit einem oder zwei scharfsinnigen Späßen abzuschießen.

Bianca: Genug gevögelt.

Ingo *aus dem Orchestergraben*: Reg…, äh Peeetra!!

Publikum: *Gegröl.*

Bianca, Katharina und die Witwe treten ab.

Petrucchio: Weg sind sie.

Baptista: Mein lieber Petrucchio, du bist von uns allen der Frechste. Wenn du so weitermachst, bist du deine Gattin bald wieder los.

Petrucchio: Genau nicht, lieber Vater Baptista. Genau auf diese Weise werde ich mir ihre Liebe und Treue bewahren.

Hortensio: Sicher nicht.

Petrucchio: Wetten?

Lucentio: 20 Lire.

Petrucchio: Geizkragen. 2.000!

Hortensio: Ich schlage ein. Wie viele Jahre werden wir brauchen, um herauszufinden, wer gewonnen hat?

Petrucchio: Nur wenige Minuten. Es ist ganz einfach. Jeder lässt seine Gattin rufen und die als Schnellste gehorcht, dessen Mann hat gewonnen.

Lucentio: Sehr gute Idee. Ich schlage auch ein. 2.000 Lire. Wo ist der Diener? *Der Diener tritt auf.* Bestell' Bianca, dass ich, ihr Gemahl, sie zu sehen wünsche.

Diener: Sehr wohl!

Der Diener nickt und tritt ab.

Petrucchio: Das geht aber sehr lange!

Lucentio: Ruhig, gleich ist sie da. *Der Diener tritt auf.* Nun, was gibt's?

Diener: Frau Bianca lässt ausrichten, dass sie zu beschäftigt ist, um herzukommen.

Petrucchio: Sie ist zu beschäftigt. Wo gibt's denn sowas!

Gremio: Immerhin war es eine freundliche Antwort. Du kannst nur hoffen, Hortensio, dass du keine schlimmere abkriegst.

Hortensio: Ganz sicher nicht. Wie der Blitz wird meine Witwe hier sein. Diener, ich ersuche meine Frau, hier zu erscheinen. Teil' ihr das bitte mit.

Der Diener nickt und tritt ab.

Petrucchio. Er ersucht sie. Dann muss sie ja kommen.

Hortensio: Ich glaube eher, deine wird sich nicht ersuchen lassen. Da kannst du säuseln so viel du willst. *Der Diener tritt auf.* Und?

Diener: Die Frau Gemahlin lässt ausrichten, dass ihr Herr Gemahl sie am Arsch lecken möge.

Ingo *aus dem Orchestergraben*: Steht das wirklich so im Text??

Publikum: *Gelächter.*

Petrucchio: Ich lach' mich schief. Jetzt zur Nagelprobe. Bitte meine Frau Katharina herein.

Der Diener nickt und tritt ab.

Hortensio: Ich kenne die Antwort.

Petrucchio: Und wie lautet sie?

Hortensio: Sie will nicht.

Baptista: Bei allem was mir heilig ist: Hier kommt sie!

Katharina tritt auf.

Katharina: Du hast mich gerufen, geliebter Gatte?

Hortensio: Ein Wunder, ein wahres Wunder.

Petrucchio: Wo sind deine Schwester und Hortensios Frau?

Katharina: Sie sitzen am Kaminfeuer und unterhalten sich.

Petrucchio: Dann hol' sie unter Androhung einer Tracht Prügel sofort her.

Katharina tritt ab.

Lucentio: Da kann man wirklich nur von Wunder reden.

Hortensio: Ich frage mich, was das bedeutet.

Baptista: Das bedeutet, mein lieber Petrucchio, dass du die Wette gewonnen hast und Friede und Harmonie in dein Haus eingezogen sind. Ich füge dem Einsatz weitere 2.000 Lire als Mitgift für meine Tochter hinzu, denn sie ist so verändert, dass ich sie nicht wiedererkenne.

Petrucchio: Dann will ich meine Wette noch besser gewinnen und ein weiteres Zeichen ihrer Treue und ihres Gehorsams hinzufügen.

Bianca, Katharina und die Witwe treten auf.

Petrucchio: Katharina, danke, dass du deine halsstarrigen Genossinnen dazu gebracht hast, ihren Männern zu gehorchen.

Witwe: Von wegen! Ich bin nur gekommen, um euch mitzuteilen, dass ich von euren Albernheiten genug habe und euch von Herzen auslache.

Bianca: Und wie kommst du Dummkopf Lucentio dazu, Haus und Hof auf meinen Gehorsam zu verwetten?

Petrucchio: Und, Katharina, was sagst du?

Katharina: Ich sage pfui über alle Männer, die meinen, über ihre Frauen herrschen zu können wie über einen Hund oder eine Sache. Wer päppelt denn die Schwachköpfe wieder auf, wenn sie sich, von einer Rauferei oder Sauferei zerschunden, mit letzter Kraft nach Hause schleppen? Wer bringt die Heldensöhne zur Welt, wenn ihre Väter es einmal mit Mühe schaffen, ihre Schwänze zum Stehen zu bringen, weil sie einmal im Jahr nicht betrunken oder impotent geprügelt sind? Wer sorgt dafür, dass sie nicht verhungern, nicht im Dreck ersticken und nicht....

Publikum: *Gejohle und Getrampel lassen den Rest der Rede im Lärm untergehen.*

Ingo hielt es nicht mehr in seinem Orchestergraben. Von seinem Zorn angestachelt schwang er sich auf die Bühne, griff sich einen Stuhl, stellte ihn mitten auf die Bühne, packte seine Hauptdarstellerin am Arm und raunzte sie an: „Jetzt hab' ich endgültig die Nase voll von deinen Zickereien. Mein ganzes Stück auf den Kopf stellen?! Dich werd' ich lehren!"

Er zerrte Katharina alias Regina, die sich trotz diverser Gürtel in asiatischen Kampfsportarten überraschend zahm zur Wehr setzte, zu dem Stuhl, setzte sich selbst darauf, ließ den schlanken Frauenkörper in umgedrehter U-Form auf seine Oberschenkel gleiten und schob den weiten Rock bis zur Taille hoch. Zu aller Entzücken bot sich ein entblößter Po in voller Schönheit zur Besichtigung dar. Während Ingo seine ersten Schläge landete, rief Regina in Richtung Technik: „Ja kein Vorhang! Das sollen alle sehen!"

Ingo bearbeitete die Backen rhythmisch und gleichmäßig, während sich Regina mit der linken Hand am Boden abstützte, die rechte Faust bei ungefähr jedem dritten Aufklatschen in die Luft stieß und skandierte: „Jaa!! Meeehr!!!" Das Publikum registrierte, dass die appetitlichen weiblichen Rundungen immer tieferes Rosa annahmen und skandierte mit: „Jaa!! Meeehr!!!"

Nach mehreren Dutzend war Ingo erschöpft und lockerte den Griff seines linken Arms um Reginas Hüfte. Diese nutzte den Schwächeanfall, um sich ihrem Wonnepeiniger zu entwinden, zum Bühnenrand vorzulaufen und sich ironisch zu verbeugen. Irgendwann legte sich der ohrenbetäubende Jubel und Regina sagte klar und deutlich: „Freut mich, dass es euch Spaß gemacht hat. Chauvinistischer Sauhaufen, der ihr seid."

Ingo vergrub das Gesicht in seinen Händen. Er sah seine Karriere am Ende, bevor sie begonnen hatte, und verlor sich in Gedankenspielen, ob eine Bewerbung als Kartoffelschalenfeststampfer in einer Großküche Aussicht auf Erfolg zeitigen könnte.

Die Beschimpften reagierten indes gänzlich anders als er erwartet hatte. Eine Stimme rief: „Komm' 'runter und wiederhol' das!" „Meint ihr, ich hab' Angst vor euch?!" Mit einem kühnen Sprung setzte die durchtrainierte Sängerin über den Orchestergraben hinweg und landete vor der ersten Publikumsreihe. Sofort sprangen mehrere Jungs auf sie zu, packten sie, wobei sie bestrebt waren, blankliegende Körperteile oder wenigstens die anschmiegsamen Brustwölbungen zu ergattern, hoben sie in die Höhe und trugen sie im Triumphzug Richtung Ausgang. Dazu war ihnen der Schlachtruf eingefallen:

Wir sind
Der Chauvi-Sauhaufen
Uuund
Wir sind es gern!
Jaa!! Meeehr!!!

Kollektiv entstand eine Melodie dazu und als Regina draußen angelangt war, erscholl die improvisierte Hymne wechselweise mit dem Kommando

und eins uund zwei uuund drei!

Bei ‚drei' flog Regina in die Luft und wurde von unzähligen Händen wieder aufgefangen, wobei der Verdacht im Raum steht, dass auch weibliche dabei waren. Nach einer Weile waren die Akteure so geübt, dass sich Regina in der Luft einmal um die eigene Achse drehte.

Nach der dritten Runde um das Schauspielhaus waren die selbsternannten Artisten allmählich erschöpft und setzten das Objekt ihrer Begeisterung auf der untersten Stufe der monumentalen Freitreppe unversehrt ab. Regina lief hinauf, drehte sich zu ihren Fans um und verabschiedete sich mit Winken, Kusshändchen und Tanzschritten, die ihren glockigen Rock von den Zwängen der Schwerkraft zu befreien schien. Zwischendurch drehte sie sich immer wieder um, hob besagtes Textil kurz an und zeigte ihre Rückleuchten, was den Enthusiasmus der Fans jedes Mal neu entfachte.

Nach und nach ebbte er nichtsdestotrotz ab und die Menge verteilte sich in die umliegenden Straßen und Gassen. Regina schaute sich zu ihrer Mitspielerin um und gewahrte, dass dieser Tränen über die Wangen kullerten. „Hör' mal, Petra", sagte sie versöhnlich, „morgen bist du dran. Mach's Beste draus." „Aber ich kann doch nicht…." „Warum nicht? Du musst nur den Sinn von Katharinas Schlussplädoyer ins Gegenteil verkehren. Ich hab' meinen Text aufgeschrieben und geb' ihn dir gern." „Danke, Regina, aber ich glaub', ich trau' mich nicht."

Beide hatten das Gebäude wieder betreten und sahen, dass sich der Intendant neben Ingo aufgebaut hatte, der immer noch auf seinem Stuhl verharrte. Der ‚Höchste' winkte seine Darstellerinnen heran. „Oje, jetzt gibt's Schimpfe." „Oder nochmal den Arsch voll."

Davon war keine Rede. Ingo saß kerzengerade da und der Intendant strahlte. „Meine Damen, die ‚likes' und Fünfsternebewertungen prasseln im Sekundentakt in den sozialen Medien auf uns ein und die Onlinebuchungen auch. Wir sind für die nächsten vier Monate ausverkauft.

Das heißt, dass auch morgen, übermorgen und für den Rest der Saison das Stück so gespielt wird wie heute. Das ist zwar eine extrem freie Auslegung von Shakespeare, aber nach 400 Jahren hat der alte Mann eine Reformation verdient.

Frau Molnow, morgen spielen Sie die Katharina, hat mir Herr Stolzenberg gesagt?!" „Ja." „Ich halte zwar nicht viel von derartigen Rochaden, aber Konkurrenz belebt das Geschäft beziehungsweise stachelt zu Leistung an. Ich erbitte Ihren vollen Einsatz, Frau Molnow, und wünsche Ihnen viel Glück."

Auch Ingo hatte sich verschämt verabschiedet und die beiden Frauen allein zurückgelassen, die sich nunmehr dem Abschminken widmeten. „Und?" fragte Petra. Regina grinste. „Dolle Sache, von tausend Männergriffeln gleichzeitig angegrabscht zu werden. Das gaben selbst die geilsten Konzerte nicht her, hat aber 'was.

Und, wie siehst du die nächste Zukunft?" Petra holte tief Atem. „Ich hatte eigentlich vor, dir morgen im zweiten Akt eine zu knallen, dass dir das Ohr klingelt, aber da du dich fair verhältst, lasse ich es bei einer schauspielerischen Backpfeife bewenden. Das verspreche ich dir." „Ich danke dir, Petra, denn zwei Saftige hätte ich ja verdient. Ich entschuldige mich bei dir in aller Form." „Deine Handschrift ist nicht von schlechten Eltern, Regina. Die Szene sei aber vergessen. Ich nehme deine Entschuldigung an." „Nochmals danke. Leider wird Ingo gezwungen sein, dich in Echt zu verbläuen; das wird nach der heutigen Premiere erwartet."

Petra lächelte, zum ersten Mal rückhaltlos gelöst. „Das macht nichts, Regina. Was meinst du, wie oft für ‚Carmen' die Spankingszenen wiederholt wurden. Und jedes Mal musste abgewartet werden, bis er... – Petra deutete auf ihren verlängerten Rücken – ...wieder in makellosem Weiß erstrahlte. Außerdem hab' ich dir 'was voraus." „Und was?" „Polster. Meiner wackelt viel treuherziger als dein straffer Sportlicher. Ich freu' mich drauf und glaube, dass das Publikum zufrieden sein wird."

Die beiden ehemaligen Rivalinnen lachten aus vollem Hals.

Charlottes Diener

In der 1990er Jahren war mir ein ehemaliges Büro angeboten worden, das sich heute ‚Loft' nennt und Unsummen
erzielte, hätte ich die Absicht, es zu verkaufen. Damals
hatte die ‚Fabrikhalle' niemand haben wollen, obwohl in
dem lächerlichen Kaufpreis Teppichboden, Gardinen und
warmweiße Industrieleuchten eingeschlossen waren. Auch
Toilette und Waschbecken waren dabei, während ich eine
richtige Küche und das Bad hatte einbauen lassen müssen.

Nicht, dass ich zu den Nachbarn mit Absicht Distanz hielt,
aber während der ersten Jahre in meinem Eigentum war
ich beruflich stark eingespannt und wenn ich Urlaub hatte,
war ich auf Reisen. Kurzum war ich selten zu Hause.

Ein Haus höher wohnte eine vierköpfige Familie. Das heißt,
sie war nur kurz vierköpfig. Kaum hatte nämlich der zweite
Sohn das Licht der Welt erblickt, verschwand der Vater unauffällig. Im Dorf führte das zu Gemunkel, ob Charlotte ihr
Domizil weiter würde bewohnen können oder aus finan-
ziellen Gründen aufgeben müssen.

Da der verschwundene Haushaltsvorstand Arzt war, gelang es Charlotte offenbar, genügend Alimente aus ihm
heraus zu kitzeln, dass es zum weiteren Unterhalt des
Zweifamilienhauses reichte. Vermutlich wäre es nicht so
leicht gegangen, wenn die beiden im Dorf ansässigen
Schwager sie nicht rückhaltlos unterstützt hätten; sie hielten
das Verhalten ihres Bruders für inakzeptabel und machten
ihm nachdrücklich klar, dass er sich nie wieder blicken zu
lassen bräuchte, sollte er sich einfallen lassen, seine Ex
auch noch auf die Straße zu jagen, nachdem er sie mit
zwei Kindern sitzengelassen hatte.

Ganz ohne sich zu strecken ging es dennoch nicht. Die
untere Wohnung, die ohnehin leer stand, vermietete Charlotte als Ferienwohnung, während sie oben ihre beiden
Söhne großzog.

Ehe man sich's versah, waren die Söhne volljährig und zum Studium werktags ausgeflogen. Charlotte beschäftigte sich damit, Haus und Garten in Schuss zu halten, und zwar so gut, dass sie keine Mühe hatte, ihre Wohnung mehr oder weniger nahtlos an Mann oder Frau – meistens ein Paar – zu bringen.

Durch meine Reisen hatte sich mein Freundeskreis allmählich vergrößert und mir fiel es schwer, in meinem einen Raum mehr als eine Person über Nacht unterzubringen. So kam es, dass ich Charlotte einmal nach einer Lücke in ihren Buchungen fragte und es tatsächlich schaffte, ihre attraktive Bleibe für eine Woche zu ergattern. Unser Umgang miteinander hatte sich beinahe zwei Jahrzehnte auf „hallo, Charlotte" und „hallo, Franz" beschränkt und das änderte sich zunächst nicht.

Von meinem Fenster auf der hinteren Giebelseite war Charlottes Garten und das Schlafzimmer ihrer Ferienwohnung einsichtig. Das nutzte ich zunächst, um an Hand des Rollozustands – oben oder unten – festzustellen, ob ‚mein' Besuch bereits aufgestanden war und ich den Kaffee aufsetzen solle.

Meine Augen irrten auch ohne eigenen Besuch immer mehr Richtung Nachbargebäude ab, wenn Charlotte sich zur Vorbereitung für den nächsten Gast in dem bewussten Schlafzimmer oder im Garten bewegte, vor allem im Sommer, denn....

Charlotte hatte mittlerweile wohl die 50 erreicht, punktete aber immer noch mit einer Bombenfigur. Solange sie sich in ihren vier Wänden oder dahinter aufhielt, hielt sie an heißen Tagen knappe Shorts und ein Bikini-Oberteil zum Bedecken ihrer Blößen für ausreichend. Am liebsten sah ich sie in einer ultrakurzen und knackengen Jeanshose hantieren.

Wenn ich meinen Sessel schräg zum Glastisch stellte, entdeckte ich, dass ich beim Aufblicken von meinem Buch den Rasen im Visier hatte, den Charlotte einmal in der

Woche mit Inbrunst mähte. Merkwürdigerweise vermochte ich mich viel besser auf mein Buch zu konzentrieren, wenn Charlotte ihren Rasen nicht mähte.

Wenn Charlotte im Schlafzimmer ihrer Ferienwohnung die Betten bezog oder saugte, musste ich mich leider erheben, um ihr zuzuschauen. Ich versuchte, das möglichst unauffällig zu tun und auf keinen Fall die Gardine zu bewegen. Das bedeutete, dass ich beim Spannen kaum zu atmen wagte.

Männer sind strohdumm. Hin und wieder fiel zwischen Charlotte und mir ein vollständiger Satz. „Es ist doch schön, anderen beim Arbeiten zuzugucken", war einer ihrer rätselhaften Äußerungen bei einer dieser Gelegenheiten, zu dessen Antwort mir nichts als grinsen einfiel.

Heute Morgen hatte eine Familie ihre Zelte abgebrochen und Charlotte war wieder einmal dabei, die Betten abzuziehen. Ab und zu hielt sie inne, um....

Sah ich richtig? Auf dem Nachttischchen lag ein Kochlöffel. In gewissen Abständen hielt Charlotte bei ihrer Arbeit inne, nahm den Kochlöffel und versetzte sich selbst einen offenbar kräftigen Schlag auf ihren Allerwertesten. Dann legte sie das Werkzeug sorgfältig zurück auf seinen Platz und fuhr fort, das Bett zu ordnen.

Mädchen, da könnte ich dir gut helfen, wenn du das magst, dachte ich. So ein Zufall, dass du dich bei deinem Spank gerade so stellst, dass sich mir dein Po wie auf dem Präsentierteller zuwendet.

Ich weiß nicht, was mich ritt, als ich meinen Aussichtsposten verließ, in meine Schuhe schlüpfte, auf das Nachbarhaus zusteuerte und klingelte. Ich wusste, dass Charlotte allein war.

Es tat sich nichts. Ich Depp, dachte ich, Charlotte ist doch in der Ferienwohnung beschäftigt, und die ist von ihrer eigenen strikt getrennt. Ich trat durch das niedrige Holztürchen, stiefelte die Treppe hinab und stand vor dem Eingang jenes Domizils, das ich einige Male hatte kennenlernen dürfen. Er war durch eine einfache Klinke gesichert und zurzeit sicher nicht verschlossen. Einfach einzudringen fiel mir natürlich nicht ein und ich klingelte erneut.

„Oh Franz, was für eine Überraschung!" Charlottes Gesicht war leicht gerötet. „Ich…, ich dachte, ich könnte dir ein bisschen helfen", stotterte ich, „ich meine, beim, äh…." „Beim?" „Naja, was du gerade machst."

Charlottes Gesicht rötete sich stärker. „Hm. Normalerweise sag' ich immer, wenn mir einer helfen will, nein danke, allein ist's schon schwer genug." „Einer…; ein Mann?" „Das sowieso. Heute allerdings….

Komm' rein." Charlotte trat zur Seite und gab mir den Weg einladend frei. Ich sah mich suchend um. „Ins Schlafzimmer. Du weißt schon…."

Du weißt? Was sollte ich wissen? Ich begann zu ahnen, dass ich, der sich für den Beobachter hielt, selbst der Beobachtete war. Ich sah auf dem Nachttisch sofort den fraglichen Gegenstand. „Das Bett ist fertig, da gibt's nichts mehr zu tun", beschied mir Charlotte, „es gibt nur noch eins zu tun."

Ich brachte zu verhindern nicht fertig, an dem hölzernen Folterinstrument vorbeizusehen. „Guck' ihn dir ruhig an", ermunterte mich Charlotte, „und nimm ihn in die Hand." „Da steht ja 'was drauf." „Und was?" Der Stiel trug unverkennbar die englische Aufschrift ‚Spanking Server'.

Meine Wangen glühten. Ich sah Charlotte an. Ihre Wangen glühten ebenfalls. Dann begann sie zu grinsen. „In nächster Zeit dürfen wir uns draußen nicht blicken lassen", sagte sie, „sonst glauben sie in unserem neugierigen Dorf, wir hätten uns geohrfeigt.

Das machen wir aber nicht. Ich glaube, wir vertragen uns ganz gut. Und man kann ja in aller Freundschaft…." „Was?" „Hören wir auf mit dem Theater. Du siehst ja, was ich mag. Oder weißt du nicht, was spanking ist?"

Es war 'raus. Merkwürdigerweise sorgte das Geständnis sofort für Entspannung. Ich spürte, wie mein Gesicht seine normale Färbung zurückgewann und auch Charlotte verblasste. „Meinst du, ich bekäme nicht mit, wie du mir folgst, wenn ich halbnackt mit dem Alibi-Rasenmäher vor meinem Bauch hin- und herflaniere?" Ich merkte, dass ich wieder rot wurde. „Ich...." „Brauchst dich nicht zu schämen. Wenn Männer nicht gern Frauen anschauen würden, stürbe die Menschheit aus.

Ich habe gemerkt, dass du die Jeans am liebsten magst, die gerade mein Becken einzwängen. Stimmt's?" „Woher...?" „Ich dachte, du wärst gebildet und könntest dich in korrekter Grammatik ausdrücken. Ich sag' dir eins: Frauen haben Chamäleonaugen. Jetzt darfst du mich offen anstarren und auch begrabschen..." ich trat auf Charlotte zu, „...nachdem du deine Aufgabe erledigt hast." „Welche?" „Frag' doch nicht so dumm. Nimm den Kochlöffel. Ich bück' mich derweil über die Kommode."

An der Wand hinter besagter Kommode war ein großer Spiegel befestigt. „Ich träume schon lange davon, die Zuckungen meines Gesichts zu verfolgen, während die Schläge auf mein Hinterteil prasseln. Allein schaffe ich das nicht und meine Söhne sollen auf keinen Fall wissen, was für perverse Gelüste ihre Mutter reitet."

Ich betrachtete die wundervolle Gestalt, die sich im rechten Winkel auf dem Arrangement aufgebaut hatte: Die herrlich langen, leicht gespreizten Beine fest auf dem Boden und der Oberkörper auf die Ellenbogen aufgestützt reizten allein schon zum Zustoßen. Entsprechend regte sich in meiner Beinbekleidung bereits Beträchtliches. Ich tätschelte die wundervolle Doppelrundung, die noch unter Leinenstoff verborgen war.

Charlotte hielt ihren Kopf aufrecht, damit ihn der Spiegel voll erfasste. Ihr Mundwinkel deutete Unzufriedenheit an. „Was ist, krieg' ich jetzt endlich meine Prügel?" Nun konnte ich nicht mehr anders. „Denk' dran, die konkave Seite Richtung Po", ermahnte mich Charlotte, „sonst knallt's nicht und tut mehr weh als nötig."

Mein erster Schlag kam mehr als schüchtern. „He! Ich will 'was spüren!" Mein zweiter geriet fester und führte dazu, dass Charlotte die Luft zwischen den Zähnen einzog. Ich ließ erschrocken den ‚Diener' sinken. „Ihr seid mir Männer! Ich will doch, dass es zieht. Leg' los und keine kavaliermäßige Zurückhaltung mehr."

Nach und nach kam ich in Stimmung und sah mit demselben Vergnügen wie Charlotte, wie sich ihre Gesichtszüge bei jedem Treffer vor Pein verzerrten. Ich gab mir Mühe, alle Stellen ihrer Apfelsinen gleichmäßig abzudecken. Als ich meinte, alle kräftig bedient zu haben, ließ ich den Arm sinken. „Schluss oder Pause?"

Charlotte stand auf. Sie schwitzte und keuchte und rieb sanft an ihrem Po. „Eine Pause wäre nicht schlecht. Wie sieht's bei dir aus?" Sie drehte sich um.

„Ich hab' ein Problem." „Ich glaube, ich ahne...." „Sobald ich irgendetwas da unten anrühre, geht's los. Ich kann nicht mal wagen, mich frei zu machen." Charlotte handelte schnell. Sie riss sich das Oberteil und mir die Unterteile gekonnt vom Leib, kniete vor mich hin und sah ungerührt, wie sich mein bestes Stück gegen sie richtete. Dann ergriff sie es und schob das Häutchen zurück. Sofort traf eine beachtliche Menge Sperma mit einem Druck ihre Brust, dass es regelrecht zurückspritzte und den Läufer besudelte. Als der ärgste Drang vorbei war, rieb Charlotte noch ein bisschen an meiner allmählich abschlaffenden fünften Extremität und entlockte ihm einige ultimative Tropfen. Dann lachte sie. „Das Ding – den Läufer meine ich, nicht deins – muss in die Waschmaschine. Macht aber nichts, ich hab' ein paar in Reserve."

Ich fühlte mich ein wenig als Ausbeuter. „Danke. Nun hab' ich meinen Spaß gehabt. Und du?" Charlotte lächelte. „Ich auch, wenn auch in einer Weise, die du vermutlich nicht verstehst. Ich mach' uns einen Kaffee und dann geht's weiter."

Charlotte legte ein Kissen auf den Küchenstuhl, bevor sie sich darauf niederließ. Als ihr Allerwertester dem vollem Druck ihres Oberkörpergewichts ausgesetzt war, zog sie eine Grimasse. „Tut mir leid, du wolltest...." „Entschuldige dich bitte nicht ständig. Das Ganze ist auf meinem Mist gewachsen. Ich sage dir und du hast mir zu glauben, dass ich die Prozedur genieße."

Erfreulicherweise hatte Charlotte ihrem Oberkörper seine Blöße belassen, sodass sie mir ihre herrlichen Brüste nach Herzenslust zu betrachten Muße einräumte. Ich zierte mich auch nicht, denn ich ging davon aus, dass das das Ziel ihres Verhaltens war. Endlich einmal nicht nur verstohlen aus dem Augenwinkel.... Probehalber griff ich unter dem Tisch nach ihrem Schenkel und stieß auch dabei auf keine unwillige Reaktion. Eine Hand für die Tasse hatte ich ja noch frei.

Charlotte war mittlerweile fortgefahren. „Ich habe immer davon geträumt, wie vorhin angedeutet, aber mich noch nie getraut, es einem Typen anzutragen. – Kraulst du mir bitte die Kniekehlen? Danke! – Irgendwie habe ich seit einiger Zeit das Gefühl, dass du mitmachen würdest, und dafür gesorgt, dass du mich bei meiner Selbstzüchtigung erwischst. Die war natürlich nur symbolisch, da ich auf mehr hoffte." Ich spürte mich wieder rot werden. „Du hast alles provoziert?" „Ach Franz, deine Gardine ist ein mehr als müder Sichtschutz. Ich sagte doch, dass wir Frauen Chamäleonaugen haben. Und du hast einen Grund, mir eine zweite Tracht Prügel zu verabreichen." „Äh...?" „Ich muss doch sühnen, dass ich dich gespannt habe."

Wenigstens hatten wir das Geschirr ausgespült, als sich Charlotte zum zweiten Mal in Positur stellte. „Denk dran: Du bist sehr zornig auf mich und legst deshalb deine volle Wucht in meine Bestrafung." Ganz so zornig war ich nicht, aber der Tanz des Kochlöffels sorgte auch in der zweiten Runde für ordentlichen Pfiff. Charlotte schien dem fortge- schrittenen Stadium ein ausgesprochenes Vergnügen ab- zugewinnen, denn außer einem Zucken ihrer Augenlider bei jedem Auftreffen des Holzes erfuhr ihr seliges Lächeln keine Unterbrechung. Da ihr Busen nunmehr durch kein Korsett mehr gebändigt war und frei baumelte, kam es für mich zu einem zusätzlichen Augenschmaus.

Irgendwann gab Charlotte ein „okay, es ist gut" von sich.

Ich ließ den ‚Diener' sinken. Vorsichtshalber hatte ich mich unten herum frei gehalten und das war auch gut so, denn es ist erstaunlich, wie einen Mann das Hintern-einer-Frau-versohlen anregt: Er stand schon wieder. Diesmal riss sich Charlotte Jeans und Slip 'runter und bewies mir, dass Apfelsinen nicht unbedingt in Orange, sondern auch in Dunkelrosa auftreten. „Warte, bis du erst die Hitze spürst", verkündete Charlotte, schritt zum Bett, kniete sich breitbeinig davor und stieß fordernd hervor: „Los, Hündchen!"

Das ließ ich mir nicht zwei Mal sagen. Normalerweise sind in der ‚Hündchen-Position' die Arme eines Mannes lang genug, dass dessen Hände die Brüste der Frau erreichen. Diese Normalität traf auch auf mich zu, sodass ich Charlottes ‚Dinger' zärtlich streichelte und sanft knetete, während ihre glühenden Schinken, gegen die ich meine Lenden drückte, den Kolben zu Höchstleistungen anspornten. Ich schaffte mehrere Stöße und Charlotte schnurrte vor Zufriedenheit. Keuchend vor Erschöpfung verharrten wir einige Minuten, bis ich mein schwerer Körper den Ihren freigab. „Bleib' so", bat ich. Ich beugte mich hinab und begann ihre Rückleuchten zu lecken und zu küssen. Dabei streichelte ich sie zwischendurch immer wieder. Charlotte schnurrte wie zehn Kätzchen auf einmal. „Lass' mich bitte aufstehen", stöhnte sie schließlich, „damit ich...."

Ich verstand. Nun leckte und küsste ich ihren Po im Knieen, während ich spürte, dass sie mit ihren Fingern ihr vorderes Lustzentrum beackerte. Ihre unartikulierten Laute steigerten sich und liefen in ruckweise Beckenbewegungen aus.

„Darf ich?" fragte ich. Wir verstanden uns ohne weitere Worte. Charlotte drehte sich um bot mir zwischen ihren

leicht geöffneten Schenkeln ihren haarumkränzten Glücks-
spender dar. Im Knieen hatte meine Zunge genau die richtige Höhe, um diesem weitere Ergüsse zu entlocken. Ich
hatte gar nicht mehr in Erinnerung, wie Charlottes ‚normale‘
Stimme klang, denn seit Minuten entrang sich ihrer Kehle
nur Stöhnen.

Endlich hatte sie genug. Sie lächelte mich an. „Boah.“ Sie
hatte ihren üblichen Tonfall wiedergefunden, wenn auch
von heftigem Schnaufen begleitet. „Siehst du, dass ich meinen Spaß hatte? Ich musste Jahre nachholen, die ich auf
dem Trockenen saß.“

Auch ich schnaufte. „Ich hatte zunächst befürchtet, deine
Orgasmus-Obergrenze nie zu knacken. Soll ich dir 'was
sagen?“ „Was?“ „Mir ging's genauso. Das mit den trockenen Jahren, meine ich.“

Charlotte lächelte immer noch, begann dann aber lauthals
zu lachen. „Was lachst du?“ „Erinnerst du dich, mit
welchen Worten du mich begrüßt hast, nachdem ich dir die
Tür geöffnet hatte?“ „Hm?“ „Ob du mir helfen könntest.
Wenn ich mir jetzt die Sauerei ansehe, die wir hier ange-
richtet haben, wirst du mir tatsächlich helfen müssen, das
Zimmer zum zweiten Mal zu säubern.“

Jetzt lachte auch ich. „Okay. Da komme ich wohl nicht
drum herum. Wo sind Eimer und Feudel?“ „Hol' ich gleich.
Vorher werfe ich mir ein durchsichtiges Negligé über.
Dann kannst du meinen Pavian-Po ständig angucken und
streicheln – aber bitte sanft! Vielleicht kommst du nochmal.

Dann machen wir's aber im Bad über den Fliesen. Die sind
ratz-fatz saubergewischt.“

Vanessas Erfahrung

„Und, wie war's?" fragte mich meine Kollegin und Freundin Carmen. Sie platzte sichtlich vor Neugier.

„Eine erstaunliche Erfahrung. Du weißt, dass mir erst mulmig war, nachdem ich mich für die Anfrage gemeldet hatte, aber der Hausherr nahm mir sofort alle Ängste. Es handelte sich um einen gepflegten Mann in mittleren Jahren, dem ich einfach nichts Böses zutraute."

„Aber dir den Arsch versohlen schon?!"

„Das war ja seine Anforderung, allerdings nicht seine allein, sondern auch von drei weiteren Klubmitgliedern."

„Klubmitglieder?"

„Sie wollten einen Spankingklub gründen, wussten aber nicht recht, wie sie das anfangen sollten." Hier musste ich lachen. „Sie waren es, die verängstigt wirkten, nicht ich, obwohl ich ja auch unerfahren war. Ich hatte mein kleines Schwarzes an, du weißt, bei dem in der unteren Etage und im Beckenbereich mit Stoff mehr als gegeizt wurde. Mein Fahrgestell lag also vollständig zur Besichtigung frei und mein Hintern ...; einladend, sogar im Stehen. Ich drehte mich um meine eigene Achse und fragte provozierend: ‚Ist's so recht, die Herren?'

Dass es das war, war den Vieren mehr als anzusehen. Sie standen immer noch herum wie die Ölgötzen. ‚Na los', ermunterte ich sie, ‚zum Einstand jeder einen.' Ich drehte ihnen den Rücken zu und harrte des ersten Klapses. Wie erwartet fiel er so sanft aus, dass ich ihn praktisch nicht spürte. ‚Bitte mehr Mut, die Herren; ein bisschen klatschen darf es schon.'

Die nächsten drei waren wenigstens hörbar, reichten aber nicht zum Warmwerden. Wenn das so weitergeht, dachte ich, nehme ich mein Geld geschenkt mit nach Hause."

Wir nippten an unseren Latte macchiati. „Und dann ging es los?" fragte Carmen. Sie gierte sichtlich nach Einzelheiten.

„Nicht direkt. Es waren echte Kavaliere, die zunächst zu Kaffee und Kuchen einluden, bevor sie begannen, mich nach meinen Bedingungen auszufragen. ‚Es ist doch alles abgemacht', erklärte ich, ‚dreimal vier Durchgänge mit der flachen Hand auf das Kleid, das Höschen und den Nackten. Dazwischen oder danach ficken und lutschen, je nach Bedarf. Das Benutzen harter Gegenstände, fesseln oder Augen zubinden sind tabu.'

‚Wie viele Schläge?' fragte einer.

Ich zuckte mit den Schultern. Zu diesem Punkt wusste ich mangels Routine keine Antwort, sondern saugte mir eine aus den Fingern. ‚Sagen wir zehn auf jede Backe je Durchgang.' ‚Das wären insgesamt 240', sagte ein anderer, anscheinend der Schnellrechner der Truppe. ‚Stimmt wohl. Wollen wir anfangen? Haben Sie irgendetwas vorbereitet?' ‚Hm, nein, wir hatten keine Ahnung, was.' ‚Eine Couch oder ein Sideboard werden Sie wohl haben?' ‚Äh …?'

Ich rekapitulierte, was du mir eingebläut hattest. ‚Entweder setzt sich der Spanker auf die Couch und ich lege mich über seinen Schoß, den Po aufreizend nach oben gereckt, oder ich bücke mich über ein Sideboard oder sowas; dann spannen Kleid und Höschen schön und es knallt besser. Einfach hinstellen geht nicht, da falle ich um.'"

„Wenn du dich auf deine Oberschenkel abstützt, geht es schon", belehrte mich Carmen, „allerdings sollte so besser nicht mit den Händen gespankt werden, da ist zu viel Druck drauf. Mit einem Lineal, einer Haarbürste oder einer Rute funktioniert's einwandfrei."

„Die ziehen doch höllisch?!"

„Wenn du dich daran gewöhnt hast, spürst du nur noch die Wärme. Wenn du dann beglückt wirst …"

„Okay, fürs nächste Mal gut zu wissen. Für diesmal hatten wir jedenfalls Handbetrieb ausgemacht. Du glaubst nicht, mit welcher Fürsorge die Herren sich Meiner annahmen, als ich sagte, dass ich idealerweise ganz entspannt sein sollte. Als ich bei dem Ersten über dessen Schoß lag, streichelte und knetete er mich so zärtlich, dass ich meine Prügel förmlich herbeisehnte."

„Pervers, aber ich selbst möchte Prügel bei der Liebe nicht mehr missen."

„Langsam begreife ich deine Neigung. Während der ersten Runde – zwanzig aufs Kleid – musste ich meinen Wonnepeiniger mehrmals auffordern, ordentlich zuzulangen und mich nicht bloß zu tätscheln. Ich merkte natürlich, wie sein Ding steif wurde, und hoffte, dass es sich nicht vorzeitig entladen würde. Er packte es aber ohne Havarie. Die anderen hatten weniger Hemmungen, auf mir herumzuklopfen."

„Dann kam Runde zwei?!"

„Langsam, meine Liebe. Ich merkte schon bei der ersten, dass ich unten herum feucht wurde. Umso besser, dachte ich, dann können sich die ehrenwerten Herren anschließend nach Herzenslust an mir austoben. Du merkst, dass auch ich allmählich läufig wurde. Bis jetzt hatte es großen Spaß gemacht und mir wurde auch seliges Lächeln attestiert, während ich verbläut worden war.

Nun zur zweiten Runde. Sag' mal, wollen wir uns nicht noch einen Kaffee brauen?" „Gern."

Eine Weile waren wir mit Hausarbeit beschäftigt, aber kaum saßen wir wieder, fieberte Carmen meinen weiteren Erlebnissen entgegen. „Für Runde zwei – Höschen – hatten wir Bücken vorgesehen, allerdings nicht über einen Schreibtisch, sondern auf einem Sessel. Das heißt, ich kniete auf der Sitzfläche und stützte mich mit verschränkten Armen auf die Lehne. Das Kleid hatte ich nicht ausgezogen, sondern über meine Hüfte geschoben. Zu meinem rosa Höschen gestattete ich mir die Bemerkung, dass alles gut wäre, wenn zum Schluss Haut und Stoff dieselbe Tönung angenommen haben würden.

Mehrmals fragten mich die Herren, ob ich es bequem hätte, bevor der Erste endlich loslegte. Was soll ich erzählen? Einer war Linkshänder, was ich daran merkte, dass die

Einschläge auf die linke Backe deutlich besser zogen als die auf die rechte, während es bei Rechtshändern anders herum ist, und einer war perfekt beidhändig. Das war toll. Während mir seine Kumpel uhrwerksmäßig abwechselnd links und rechts einen drüberbrieten, fragte er mich, ob er beide Hinterbacken gleichzeitig …

Atemberaubend, sag' ich dir, das überbot alles Bisherige. Absolut synchron landeten seine Hände auf meinen genau passenden Rundungen. Der Kerl hatte längst alle Hemmungen abgeworfen und haute drauf, was das Zeug hielt. Mich törnte wahnsinnig an, dass er mich ständig lobte, wie wundervoll meine Polsterung federt und wackelt."

„Hattest du einen Abgang?"

„Er bahnte sich an. Ich fing an, wiehernd zu lachen, sodass mein Exekutor erschrocken innehielt. ‚Weiter, weiter', rief ich, ‚von mir aus mehr als zwanzig, aber weiter!' Da merkten sie, was in mir vorging, und einer war so nett, von vorn zwischen meine Beine zu greifen, um die Lust zu vollenden. Vielleicht hätte es auch so geklappt, aber mit Stimulation schüttelte es mich gefühlte fünf Minuten lang durch. Als ich mich beruhigte und zu keuchen begann, ließ mein Lustpeiniger von mir ab und gab mir Gelegenheit, mich zu erholen. Ich bedankte mich herzlich und dachte daran, dass es ja die Herren waren, die mich bezahlten, und nicht umgekehrt. Ich beruhigte mich mit dem Gedanken, dass sie ja auch noch ihr Vergnügen einstreichen würden."

Wir betrachteten traurig unsere leeren Tassen. „Wenn ich noch einen Kaffee trinke, musst du mich von der Decke angeln, Nessie. Wie ging's dann weiter?"

„Für die dritte Runde änderten wir nichts am Bühnenbild, außer dass ich mein Höschen 'runterzog – das sähe geiler aus, als wenn ich mich seiner ganz entledigte, sagten meine Freier – und nunmehr den Nackten in die Luft streckte. Er hatte wirklich das schöne Rosa meiner Unterwäsche angenommen, wie ich im einem Spiegel gesehen hatte, und ich war gespannt, ob eine weitere Steigerung drin lag. Angst hatte ich überhaupt keine mehr und wie erwartet stresste es mich gar nicht, als die abschließenden 80 vollzogen wurden. Ich hörte es klatschen und mir wurde immer wärmer, zum Schluss sogar richtig heiß, aber Schmerzen verspürte ich keine mehr. Als es dann ans Ficken ging, kam ich vor meinen Besuchern."

„Nicht so schnell! Nach Spankingende ging es direkt los?"

„Das war nicht zu vermeiden. Die Herren hatten sich unten herum bereits entblößt, sonst hätte ihnen die Spannung in den Hosen vorzeitig den Spaß verdorben. Sie waren so aufgeladen, dass ich zwei gleichzeitig bedienen musste, einen unten und einen mit dem Mund ..."

„Mund-zu-Dings-Beatmung ist ja deine Spezialität", grinste Carmen.

„Eben", grinste ich zurück, „deswegen war das Ganze keine harte Arbeit, sondern eine ausgesprochene Belustigung. Übrigens packten es alle Vier zweimal, je einmal hinten und je einmal vorn. Keiner wollte darauf verzichten, über meinen heißen Schinken zu ejakulieren, so schön eine Fellatio auch sein mag."

Carmen sah mich verträumt an. „Beneidest du mich?" fragte ich provozierend. „Was ist denn aus dem Klub geworden?" lenkte sie ab. „Sie haben ihn gegründet und fragten schon an, ob ich nochmal ..." „Bei zwei Frauen könnten alle Vier ohne Wartezeit ..."

Ich lachte laut heraus. „Geld ist bei denen kein Thema. Du darfst dir im Stehen ein paar Striemen per Kochlöffel oder Lederriemen verdienen, während ich mich wie gehabt über den Sessel bücke. Außerdem haben wir abgemacht, dass mich bei einer Neuauflage jeweils zwei der Herren synchron vertrimmen; du glaubst gar nicht, was das antörnt. Bei zwei Frauen ..."

„... wären alle Vier nicht nur beim Ficken, sondern auch beim Spanken gleichzeitig beschäftigt. Du hast die Handynummer?"

„Selbstredend."